Histórias cruzadas

editora ática

Histórias cruzadas

Eliana Martins

Ilustrador: Fernando Vilela

editora ática

PRESIDÊNCIA · Guilherme Melega

VICE-PRESIDÊNCIA DE SOLUÇÕES E SERVIÇOS EDUCACIONAIS · Camila Montero Vaz Cardoso

DIREÇÃO EDITORIAL · Lidiane Vivaldini Olo

GERÊNCIA EDITORIAL · Julio Cesar Augustus de Paula Santos

COORDENAÇÃO EDITORIAL · Laura Vecchioli do Prado

EDIÇÃO · Carlos Eduardo de Oliveira (editor responsável), Gabriela Castro (editora) e Bianca Ramos (estagiária)

REVISÃO · Letícia Pieroni (coord.), Aline Cristina Vieira, Anna Clara Razvickas, Carla Bertinato, Daniela Lima, Danielle Modesto, Diego Carbone, Elane Vicente, Kátia S. Lopes Godoi, Lilian M. Kumai, Luíza Thomaz, Malvina Tomáz, Marília H. Lima, Paula Freire, Paula Rubia Baltazar, Paula Teixeira, Raquel A. Taveira, Ricardo Miyake, Shirley Figueiredo Ayres, Tayra Alfonso e Thaise Rodrigues

PLANEJAMENTO, CONTROLE DE PRODUÇÃO E INDICADORES · Flávio Matuguma (ger.), Juliana Batista (coord.), Jayne Ruas (analista) e Renata Mendes (assistente)

ARTE · Fernanda Costa da Silva (ger.), Fábio Cavalcante (edição de arte)

PROJETO GRÁFICO · Tecnopop (Marcelo Curvello, Felipe Kaizer)

DIAGRAMAÇÃO · Fábio Cavalcante

ILUSTRAÇÃO DE CAPA E MIOLO · Fernando Vilela

DADOS INTERNACIONAIS DE CATALOGAÇÃO NA PUBLICAÇÃO (CIP)

Martins, Eliana
Histórias cruzadas / Eliana Martins ; ilustrações de Fernando Vilela. -- 1. ed. -- São Paulo : Ática, 2023.
(Coleção Sinal aberto)

ISBN 978-85-0819-879-5

1. Literatura infantojuvenil brasileira 2. Povos indígenas - Ficção infantojuvenil I. Título II. Vilela, Fernando III. Série

CDD 028.5

23-3398

Angélica Ilacqua CRB-8/7057

DADOS INTERNACIONAIS DE CATALOGAÇÃO NA PUBLICAÇÃO (CIP)

Martins, Eliana
Histórias cruzadas [livro eletrônico] / Eliana Martins ; ilustrações de Fernando Vilela. -- 1. ed. -- São Paulo : Ática, 2023.
PDF (Coleção Sinal aberto)

ISBN 978-85-0819-875-7 (e-book)

1. Literatura infantojuvenil brasileira 2. Povos indígenas - Ficção infantojuvenil I. Título II. Vilela, Fernando III. Série

CDD 028.5

23-3536

Angélica Ilacqua CRB-8/7057

CAE: 825981

2025
1ª edição
3ª tiragem
Impressão e acabamento:
Log&Print Gráfica, Dados Variáveis e Logística S.A.
OP: 286760

editora ática

Direitos desta edição cedidos à Somos Sistemas de Ensino S.A.
Av. Paulista, 901, Bela Vista – São Paulo – SP – CEP 01310-200
Tel.: (0xx11) 4003-3061
Conheça o nosso portal de literatura Coletivo Leitor: www.coletivoleitor.com.br

Muitas histórias

Até onde Janaína sabe, não há nenhum ancestral indígena em sua árvore genealógica. Ainda assim, ela parece ter uma conexão profunda com eles.

Certa noite, um velho indígena aparece em um sonho dela e lhe pede ajuda. Ela não entende a língua dele e, consequentemente, não sabe do que ele precisa; porém, acompanhada da irmã Jade e do namorado Luciano, um estudante de História, ela decide resolver esse mistério. Mesmo assim, não será fácil encontrar respostas, pois a história indígena foi apagada, fraudada e recontada pelos povos que os subjugaram.

Em outro momento e lugar, Toriaua está muito preocupado com o futuro de seu povo, os crenacore ou panará. Seu pai, o pajé da aldeia, deveria lhe transferir o amuleto que permitiria a Toriaua conversar com os espíritos e proteger seu grupo; porém, ambos desapareceram. Além disso, os forasteiros se aproximam e ninguém sabe se vêm em paz ou se têm más intenções. Toriaua teme que Pakyã' Akriti, a falsa estrela cadente, finalmente caia do céu e traga grandes desgraças.

Apesar de se desenrolarem em épocas e locais diferentes, as histórias de Janaína e de Toriaua se cruzam de maneiras inimaginadas, mas nenhum deles sabe se seus caminhos levarão a um destino trágico ou àquilo por que ambos buscam: paz e esperança.

Não perca!

- *Mescla de gêneros: história real e ficção, aventura e drama*
- *Uma adolescente às vésperas do vestibular, ainda sem saber o que fará no futuro, encontra seu propósito*
- *A história real do Parque Indígena do Xingu e do povo panará*
- *Anos de história, etnias, línguas e culturas apagadas enfim sendo retomadas*

Para Iberê, eternamente.

"Durante tanto tempo, fomos autossuficientes. Por que, agora, precisamos andar, feito uns mendigos, atrás dos brancos? Só porque somos um pouquinho?"

Ailton Krenak

AGRADECIMENTOS:

Kunity Metuktire Panará – aldeia Nasepotiti – Pará – etnia Jê
Pedro Tenondé – aldeia Tenondé Porã – São Paulo – etnia Guarani
Jera Guarani – aldeia Kalipety – São Paulo – etnia Guarani
Sandra Nanayana – Amazonas – etnia Guarani
Taciana Wiazovsky – historiadora – São Paulo
Caio Roberto Bourg de Mello – historiador – São Paulo
Karen Ambrósio Aniz – bibliotecária do Iphan – São Paulo
Simone Toji – antropóloga do Iphan – São Paulo
Adriano Gambarini – fotógrafo da National Geographic
Mariana Valente – bióloga – Brasília
Biviany – antropóloga – Brasília
André Villas-Bôas – sertanista
David Lapola – jornalista
Funai – Manaus
Funai – Brasília
Kandy Sgarbi de Almeida Saraiva – revisora técnica

Em especial à minha editora, Laura Vecchioli do Prado.

PRÓLOGO

O velho indígena percorreu cambaleante as redondezas da floresta. Ia apoiando seu corpo combalido, de árvore em árvore, na ânsia de encontrar um lugar seguro para esconder a pedra.

Desde há muito, aquela pedra acompanhava os moradores da aldeia. Tinha passado por todos os pajés, de geração em geração. Era a pedra do amuleto. O talismã sagrado que evocava os espíritos das florestas e dos rios.

Pajé nenhum tinha se atrevido a abri-la e tirá-la do amuleto, a não ser nas cerimônias sagradas ou para evocar os espíritos. Então, ele o pendurava ao pescoço.

Quando um pajé evocava os espíritos dos rios, os peixes irrompiam à tona como por milagre. Quando chamava as entidades da floresta, a caça para alimentar a aldeia surgia por detrás das árvores.

Era o amuleto da pedra que fazia os espíritos felizes e trazia fartura.

Em algum momento, porém, Pakyã' Akriti conseguiria descer na aldeia para chamar os indígenas para outra vida.

Ele não iria. Não poderia ir. Era o pajé. O detentor dos segredos e rezas da aldeia. Sempre havia sido. Era ele que, com as raízes, os chás e as poções, medicava seus irmãos. Era ele que, com suas rezas e benzeduras, tratava as mazelas do corpo e da alma da aldeia. E, depois dele, seria seu filho, seu neto, como acontecia desde há muito.

Ele não iria.

Mas, enquanto a pedra do amuleto existisse, os espíritos, amigos dos indígenas, continuariam protegendo a todos. Por isso ele precisava escondê-la antes de ser levado com os outros e despojado da pedra. E quem melhor que a floresta para guardar aquele tesouro tão antigo?

O velho pajé curvou-se diante da árvore copada, um centenário angelim-vermelho, e pediu licença para escavar. De joelhos, abriu com as mãos um buraco fundo. Então depositou os tesouros. Se ele morresse, o segredo se perderia para sempre, pensou o velho.

Tudo o que sabia, o que aprendera com seus ancestrais, estava ali, no amuleto dentro da pedra.

Aquele era o único elo entre as gerações daquele povo. Uma cadeia ininterrupta de conhecimento.

Os espíritos da floresta protegeriam a pedra, e o pajé voltaria a seu posto de protetor da aldeia. Não sabia quando. E, com certeza, ele não iria. Mas, naquele momento, evocava proteção. De joelhos diante da árvore, anciã como ele, pedia que alguém, em algum tempo e lugar, encontrasse aquelas preciosidades e as devolvesse ao pajé, para que a tradição nunca morresse.

Enterrados os tesouros, com a ponta de seu facão o velho indígena riscou numa rocha próxima o mesmo símbolo desenhado na pedra do amuleto. Seria de grande ajuda para quem a procurasse. De alguma forma, ele orientaria esse alguém.

Rê pjâri kjên Tomapã jõ

PRIMEIRA PARTE

HISTÓRIAS

1

Janaína acordou sobressaltada. Tateou, procurando o abajur da mesinha de cabeceira até conseguir acendê-lo. Ainda tonta de sono, sentou-se na cama.

Tudo tinha parecido tão real!

Semicerrando os olhos, como para se certificar de que estava mesmo em seu quarto, desvendou as redondezas. Então uma onda de alívio tomou todo o seu corpo assim que ela avistou Jade dormindo tranquila na cama ao lado. Janaína estava em casa e ao lado da irmã.

Apesar da diferença de idade entre as duas, Janaína, com 17 anos, e Jade, com 23, se completavam. Achavam que a consanguinidade era apenas um *plus* entre elas. A afinidade falava mais alto.

– Que bicho te mordeu, Jana? – Jade despertou com a luz do abajur. – Ainda são cinco e meia!

– Ele estava ali, ajoelhado, falando numa língua estranha. O indígena.

Ao dizer isso, Janaína sentou-se na cama e abriu a gaveta da mesinha de cabeceira. De lá, tirou um caderninho e uma caneta. Mania de anotação, como dizia a irmã.

– Já vai começar a anotar, Jana? O que você tem pra escrever a essa hora?

– O que o indígena disse. E tinha um desenho.

– Que desenho?

– Na pedra. Na pedra do amuleto.

Definitivamente, Jade não conseguiu mais dormir. Sentada também na cama, preocupou-se. A irmã devia estar estressada. Só podia ser! Vestibular se aproximando, escolha de carreira. A própria Jade havia passado por tudo aquilo e sabia bem do que se tratava. Tinha horas que pensava que ia enlouquecer.

– Dá um tempinho, *hermanita*, e vá se distrair!

– Eu vi, Jade. Juro que vi o indígena. Era idoso. Parecia muito aflito. Pedia ajuda.

"Repisari quem tomapanjo tomapã jo", Jade leu os escritos.

– O que é isso, Jana?

– Sei lá! Foi o que o velho disse.

– Tá. Outra noite, você sonhou que era destaque de escola de samba e dançava em um carro alegórico – disse Jade, abraçando a irmã. – Vamos fazer um café, que é bom pra espantar pesadelo. Enquanto a mamãe e o papai não voltarem, o café da manhã é por nossa conta.

Janaína não arredou pé de onde estava, concentrada em desenhar algo.

Jade, que já se encaminhava para a porta do quarto, voltou para ver o que ela fazia.

Uma pedra ovalada, marcada por um desenho, que parecia um fio com dois pingentes. A irmã traçava o objeto que o indígena do sonho lhe mostrara.

Não havia argumentos. Janaína estava mesmo envolvida com aquele sonho.

– Era esse o amuleto?

– Não. Parece que ele estava dentro da pedra.

Uma lembrança tranquilizou Jade. A irmã ainda não havia escolhido a carreira que queria seguir, mas pendia para Antropologia, Museologia, Paleontologia. Amava pesquisas, estudos de fósseis. Com certeza tinha sido essa a origem do sonho. Mas ela não se atreveu a dizer nada. Não era o momento apropriado.

Jade aconselhou a irmã a guardar o desenho, para irem, juntas, tomar o café da manhã. Logo mais, ela precisava ir para o trabalho, e Janaína, para o colégio.

– Se o indígena precisa de ajuda, de alguma forma ele vai continuar dando pistas – Jade tranquilizou a irmã, mesmo sem acreditar naquilo.

O anfiteatro da faculdade de Luciano estava lotado. Todos estavam ansiosos para ouvir Kurt Braam, um importante historiador sueco, especialista em simbologia. Uma palestra de boas-vindas aos calouros.

Luc, como Janaína o chamava, era calouro da faculdade de História. Os dois namoravam já havia quase um ano. Combinavam como café com leite, como ele dizia.

Luciano achava que a namorada só tinha um defeito: chegar atrasada aos compromissos, como naquele momento, em que ele a esperava na porta da faculdade.

Janaína chegou estressada.

– Foi mal, amor! *Sorry*!

Luciano esqueceu o enfado ao rever o sorriso da namorada.

– Tudo bem. Mas vamos entrando, que aquilo lá tá parecendo um formigueiro! Lotado!

O casal de namorados se acomodou no anfiteatro.

– O historiador não é sueco? – perguntou Janaína.

– É.

– Mas você disse que ele vai falar sobre indígenas.

– Não é só no Brasil que tem indígena, Jana. E o Kurt vai falar sobre a história e a simbologia deles – Luciano fez sinal para que a namorada se calasse.

Fones de ouvido foram distribuídos aos presentes, pois haveria tradução simultânea. Janaína e Luciano não quiseram colocá-los, pois o palestrante falaria em inglês, idioma que o casal queria praticar.

As luzes se apagaram, ficando apenas um foco no palco, com duas poltronas e uma mesinha. O mediador da conferência apresentou o convidado, que foi muito aplaudido.

Kurt Braam abriu sua fala expondo a forma como os indígenas eram tratados, sempre detratando-os em relação aos brancos. Ano após ano, desde há muito, vinham sendo dizimados, ao passo que suas aldeias foram dispersas, fazendo com que eles perdessem seu espaço e suas raízes.

– A Conferência Geral da Organização Internacional do Trabalho, a OIT, realizada em Genebra, em 7 de junho de 1989, observou as normas internacionais enunciadas na convenção do ano de 1957. Era preciso atualizar, adotar novas normas. A OIT reconheceu as aspirações desses povos para assumir o controle de suas próprias instituições e formas de vida, bem como de seu desenvolvimento econômico. E também outorgou a eles a manutenção e o fortalecimento de suas identidades, línguas e religiões, dentro do âmbito dos Estados onde moram.

Com essa abertura, o historiador de pronto prendeu a atenção da plateia.

Após tomar um gole de água, Kurt Braam voltou a falar:

– A OIT observou ainda que, em diversas partes do mundo, esses povos não podiam gozar dos direitos humanos fundamentais no mesmo grau que o restante da população. Que suas leis, seus valores, seus costumes e suas perspectivas vinham com frequência sendo erodidos, o que não estava em conformidade com a contribuição que os povos originários sempre haviam dado à diversidade cultural, à harmonia social e ecológica da humanidade.

Para espanto do namorado, Janaína aplaudiu freneticamente o palestrante.

– Não sabia que você gostava tanto assim de indígenas, Jana.

– Psiu! *Shut up*, Luc!

A palestra se estendeu por mais meia hora, até que o mediador explicou que o historiador sueco apresentaria, então, vídeos e fotos de símbolos, desenhos, arte e amuletos indígenas.

Janaína ajeitou-se na poltrona do anfiteatro para enxergar perfeitamente o que seria exibido.

Nem ela mesma sabia por que estava tão interessada naquele assunto. Decerto, era por causa do sonho. Tudo tinha sido tão nítido!

Kurt Braam apresentou uma sequência incrível de vídeos sobre povos nativos de vários países. Depois, iniciou a série de *slides*, em que se viam inúmeros ornamentos de corpo, esculturas e desenhos em pedras e rochas. Um deles chamou a atenção de Janaína.

– É esse! É esse! – Janaína apertou o braço do namorado. – Eu sabia que existia! Tinha certeza!

Em um dos *slides*, o mesmo símbolo que ela vira no sonho, na pedra do indígena, surgiu, desenhado em uma rocha: o fio com dois pingentes.

Luciano ficou sem entender.

– Do que está falando, Jana?

Mas a garota se calou. Tudo era muito impalpável, intangível. Afinal, o mero fato de o desenho existir não queria dizer que seu sonho era verídico. Ela não tinha nada a ver com indígenas, nunca se interessara por esse assunto. Era melhor deixar o barco correr.

Terminada a palestra, Janaína e Luciano juntaram-se à turma do curso de História, em uma lanchonete próxima à faculdade. As aulas mal haviam começado, e aquela era uma boa forma de os calouros se conhecerem melhor.

Jade estava certa: a irmã precisava se distrair.

2

O ar fresco e revigorante, tão incomum naquelas paragens amazônicas, banhava a tarde da aldeia.

Inkjê ra pãã
Mãja inãn

Cantavam, em roda, as crianças indígenas:

Eu sou tão pequenino,
Nesse mundo tão grande!

Apesar da brisa e da cantoria infantil, o dia era de luto na aldeia. O espírito da morte havia levado seu pajé. Yauapi era o nome dele.

Indígena panará, ou crenacore, como seu povo também era conhecido, Yauapi recebera do pai a pedra que continha o amuleto. O pai, por sua vez, a havia recebido do avô de Yauapi, e assim por diante. Com o amuleto pendurado ao pescoço, o pajé tornava-se poderoso, capaz de invocar os espíritos dos rios e da floresta e por eles ser ouvido.

No estado do Pará, o Xingu, que nos dias de hoje se chama Altamira, tinha praticamente duas estações do ano: a das águas, considerada o inverno, e a das secas, considerada o verão. Na estação das águas, as nuvens começavam brandas, mas, quando se intensificavam, era o sinal das borrascas. O calor aumentava, e os enxames de piuns e borrachudos redobravam sua agressividade.

Mas os panará, que viviam às margens do rio Peixoto de Azevedo, não se importavam com os insetos, pois, com eles, a tempestade também trazia o rio transbordante.

O pajé Yauapi pendurava o amuleto ao pescoço e conversava com o espírito do rio. Então, como por milagre, cardumes numerosos deixavam o leito do rio e ganhavam as margens.

Os indígenas insinuavam-se por entre as árvores e pescavam, com flechas e chuços de madeira, os peixes que eles mais apreciavam.

Na estação da seca, quando o rio voltava ao normal, o pajé fazia, de novo, seu pedido ao espírito do rio, para que ajudasse os indígenas da aldeia a encontrar o timbó, cipó venenoso que narcotizava os peixes, facilitando a pescaria.

Em seguida, havia a festa das aves. Bandos de araçaris, maracanãs, papagaios, tirivas, curicas e tuins cortavam os céus em todas as direções, num verdadeiro delírio de ruídos e num balé de movimentos.

Uma manhã, o pajé Yauapi, ao voltar da mata, caiu morto perto da entrada da aldeia. Com ele foi-se também a pedra do amuleto.

Após o ritual mortuário do pajé, seguiu-se o da posse de seu filho. Era a tradição da aldeia. Toriaua receberia o amuleto e seguiria à frente dos rituais e das crenças de seu povo. Mas a pedra já não existia. Ninguém sabia de seu paradeiro. E sem ela os espíritos dos rios e das matas não mais acatariam os pedidos do novo pajé.

Yauapi dizia que, quando Pakyã' Akriti, a falsa estrela cadente, descesse do céu, significaria que os brancos estariam próximos e a aldeia panará ficaria sem direção. Que novas crenças seriam impostas e ninguém mais acataria a sabedoria do pajé.

Ruídos estranhos vinham do céu havia tempo, e toda a aldeia os ouvia. Quando isso acontecia, os indígenas, apavorados, levantavam acampamento e partiam para outro lugar.

Mais de uma vez Toriaua perguntara a Yauapi se o espírito da floresta havia revelado o que eram aqueles barulhos e aqueles homens da clareira. Mas o pajé dizia sempre a mesma coisa: é Pakyã' Akriti chegando.

Com os olhos em sangue, o povo panará entoou a canção dos mortos. Em um longo aceno, deram-lhe o último adeus enquanto o corpo de Yauapi, enrolado em uma rede, era recebido pela terra.

Nos olhos de Toriaua avolumaram-se as lágrimas.

Ele continuaria entoando aquela canção antiga, feita para entrar em contato com o mundo dos mortos. Quem sabe o espírito de Yauapi a ouvisse e contasse o paradeiro da pedra do amuleto.

Janaína chegou em casa, pé ante pé. Tinha certeza de que, àquela hora, a irmã já estava a sono solto.

Dito e feito. Ao entrar no quarto, deparou com Jade dormindo.

"Melhor assim", pensou. Janaína sabia que se veria obrigada a contar para a irmã, se ela estivesse acordada, sobre o *slide* do historiador sueco que tinha o mesmo desenho do sonho. E fora só um sonho. Ponto-final!

Na manhã seguinte, Jade acordou apressada. Tomou um banho rápido e, ao voltar ao quarto para pegar sua pasta de trabalho, cruzou com a irmã.

– Oi, Jana, como foi ontem? Chegou tarde, hein, garota? Fiquei preocupada.

Janaína a encarou. Não lhe faltava vontade de contar tudo para a irmã, mas conteve-se.

– Foi *top*. O historiador era sueco. Falava bem. Disse coisas bem interessantes, que nem eu nem o Luc sabíamos.

– Como o que, por exemplo?

– Falou sobre uma lei dos direitos indígenas. Uma tal de OIT. Você sabia dessa lei?

– Sim, estudei na faculdade. Mas a OIT não é uma lei, Jana. É uma organização trabalhista. Também não é só dos indígenas, e sim dos trabalhadores em geral: Organização Internacional do Trabalho.

– Legal, doutora! – Janaína enfadou-se. – Mas o Kurt Braam, esse era o nome do historiador, disse que houve uma segunda conferência, em Genebra, em 1989, quando foi feita uma reformulação das leis de 1957, pra dar mais visibilidade às minorias, inclusive aos indígenas.

Jade espantou-se com a explicação da irmã; sempre tão desligada e distraída.

– Muito bem, *hermanita*! – Jade aplaudiu. – Quando eu tiver um tempinho, dou uma recordada na jurisprudência da OIT.

Encerrado aquele assunto, Jade pediu à irmã que, da próxima vez que saísse, voltasse mais cedo para casa. Enquanto os pais estivessem fora, ela era a responsável. Então pegou a pasta de trabalho, deu um beijo em Janaína e saiu correndo.

– Hoje vai ser um dia daqueles!

"Até parece que eu sou um bebê!", pensou Janaína, dando de ombros, enquanto se apressava, também ela, com o material das aulas do dia.

A irmã era advogada criminalista. Era o gênio da família. Muito estudiosa, seu escopo sempre tinha sido a Faculdade de Direito do Largo de São Francisco, em São Paulo, onde vivia com a família. Marco Aurélio, o pai, também havia estudado lá. E Jade concretizou seu sonho com os mesmos 17 anos que Janaína contava agora.

Agora era a vez de ela, Janaína, enfrentar a terceira série do Ensino Médio, que se iniciara havia alguns dias, e prestar vestibular. Nunca fora uma grande estudiosa, mas tampouco perdera um ano escolar sequer. Menos sociável que a irmã, Jana tinha um dom especial: não falava só pela boca, mas também pelos olhos, em cuja limpidez a verdade sempre aparecia. Suas aspirações eram menores que as de Jade, mas também queria entrar na Universidade de São Paulo, a USP.

Antes de sair para o colégio, Janaína passeou pelos canais de televisão. Deparou com uma reportagem sobre a Europa. Um vírus, popularmente conhecido como novo coronavírus, espalhava-se feito um flagelo e já havia ceifado vidas.

Janaína ficou abalada. Seus pais não estavam na Europa, mas em um sítio, no interior, a poucas horas da capital. Mesmo assim, sentiu um aperto no peito. Desejou que eles estivessem ali.

À noite, conversaria com Jade sobre aquilo e sobre o desenho que aparecera no *slide* do historiador. Teria sido um aviso para ela?

3

Até a década de 1940, a ocupação das regiões Norte e Centro-Oeste constituía um desafio para o governo central do Brasil. Mapear e colonizar essas regiões, reeditando a empreitada dos bandeirantes nos séculos XVII e XVIII, era um dos objetivos do Estado Novo, instaurado pelo presidente Getúlio Vargas.

O projeto, que se denominou Marcha para o Oeste, pretendia criar vias de comunicação, abrir campos de pouso e fixar núcleos populacionais. Para isso foi criada a Expedição Roncador-Xingu, cuja etapa inicial era alcançar a serra do Roncador, no Mato Grosso, e os arredores do rio Xingu.

Em 1943, uma composição férrea com dezenove vagões, que comportavam uma carga colossal, além de dezenas e dezenas de peões, transportou a expedição de São Paulo até Uberlândia, em Minas Gerais. O trecho seguinte, com novecentos quilômetros, foi feito em caminhões e outros veículos de transporte, que se deslocaram por precárias estradas de terra até Aragarças, às margens do rio Araguaia.

Na Expedição Roncador-Xingu, seguiram também os irmãos Orlando, Cláudio e Leonardo Villas-Bôas. Paulistas de classe média, trocaram a cidade grande pela ideia irresistível de andar por caminhos que ninguém havia pisado, explorar as terras de ninguém, como propagava a expedição.

Ao chegarem ao destino inicial, a primeira coisa que os expedicionários fizeram foi abrir uma clareira na mata e instalar uma base de operações, com alojamentos e lugar para acomodar os víveres e os medicamentos. De dia, o trabalho era abrir caminho à frente. De noite, conversar, conhecerem-se, ficar ao redor da fogueira até o sono chegar. Essa era a rotina.

Certa noite, porém, um barulho estranho veio da mata. Orlando Villas-Bôas levantou-se da rede. Pensou que ser uma onça.

A conversa cessou, apagou-se a fogueira, aguçaram-se os ouvidos.

O barulho ficou mais alto. Parecia que se aproximava. Não era onça, constatou Orlando. Eram indígenas.

A cantoria foi aumentando, aproximando-se mais.

Um peão atirou para o alto. Outros fizeram o mesmo.

Ouviu-se uma correria na mata. Certamente assustados, os indígenas foram embora.

Pensativo e preocupado, Leonardo Villas-Bôas, o mais jovem dos irmãos, concluiu que aquilo que o governo chamava de terra de ninguém na verdade tinha dono: os indígenas.

Luciano apareceu de surpresa para encontrar Janaína na porta do colégio.

– Que cara de sono, Jana! – O namorado puxou o rabo de cavalo dela. – Mesmo assim, seus olhos continuam parecendo duas jabuticabas. Lindos!

– Quase não dormi, não entendi nada das aulas e odeio que você puxe o meu rabo de cavalo!

– Nossa, isso é que é receptividade!

– Tô exausta e louca pra ir pra casa!

– Eu só vim ver você, *amore*, e oferecer uma carona. Já tava com saudade.

Janaína olhou para o namorado. Ele era tão fofo! Tão compreensivo com seu eterno mau humor. Tão paciente...

– Desculpe, amor! Adorei a surpresa e vai ser muito bom ganhar uma carona, mesmo!

O ar fresco e revigorante penetrava pela janela aberta do carro de Luciano, enquanto ele deslizava rumo à casa de Janaína.

No banco do passageiro, ela sentia a cidade passar rapidamente, enquanto tentava organizar seus pensamentos. Não conseguira ainda tirar o desenho do indígena da cabeça e, agora, também havia aquela história de vírus.

– Tô achando você preocupada, Jana.

– E tô mesmo, Luc.

– Com o quê?

– Como assim? Não tô à beira do vestibular? E ainda nem resolvi que carreira escolher. Também vi na TV uma reportagem sobre um vírus, que tá matando gente, na Europa. Sabe que meus pais tão viajando, né?

Luciano se pôs a rir. Só podia ser brincadeira de Janaína. Os pais dela estavam em um sítio, a poucos quilômetros dali. O ano escolar acabara de começar e faltavam muitos meses para o vestibular.

Mas aquele não era, definitivamente, o dia de Janaína e Luciano. Ela queria se abrir, mas não com ele. Era um fofo, mas nem um pouco sensível. O rei da teoria. Se havia rido com as preocupações dela, imagine se contasse sobre o sonho, o indígena, o desenho. "Ai, Jana, francamente!", era o que ele diria. Às vezes, como naquele momento, Janaína achava que a relação deles era de amor e ódio.

Luciano estacionou o carro na porta do edifício da namorada.

– Descanse, *amore*! Amanhã, vai se sentir outra – disse ele, então a beijou e foi embora.

Quando Janaína entrou em casa, um cheirinho de sopa de legumes vinha da cozinha.

– Jade?! O que você faz aqui?

– Que susto, *hermanita*! Eu moro aqui, lembra?

– Sim, mas você nunca está em casa a esta hora.

– Não me senti muito bem. Sei lá, fiquei meio enjoada. E, como o que eu tinha pra fazer no escritório hoje podia ser feito daqui de casa, voltei. Fiz sopa, mas tem outras coisas na geladeira, se preferir.

– Que nada! Eu adoro sopa de legumes! – disse Janaína. – Vou guardar a mochila e já volto.

Pouco tempo depois, retornou, e as duas irmãs sentaram-se à mesa da cozinha para tomar a sopa.

– Hum! Deve estar uma delícia: fria e sem tempero – Janaína provocou a irmã.

– Sem tempero é que não está, mesmo! – Jade levantou-se da mesa e voltou segurando uma embalagem. – Um temperinho que comprei domingo, na Paulista. Uma espécie de pó de alguma coisa.

Deu uma corzinha avermelhada na sopa, reparou? Um indígena que estava vendendo.

Ao ver a embalagem, Janaína arregalou os olhos. Entre outras informações, estava o desenho. O fio com dois pingentes.

– Ah, não! De novo isso?!

Percebendo o espanto da irmã, Jade se preocupou.

– O que foi, Jana? Você ficou branca, de repente.

Era a deixa de que Janaína precisava para se abrir. Falar de seus sobressaltos. Fossem coincidências ou não, estavam mexendo com ela. Jade, como sempre, saberia sossegá-la.

4

Desde a descoberta de que, efetivamente, desbravavam terras indígenas, o fascínio dos irmãos Villas-Bôas por aquela aventura aumentou. Tinham a sensação estranha de poderem ser mais úteis aos indígenas do que ao Estado brasileiro.

A expedição avançou 150 quilômetros, desbravando trilhas com o auxílio de muares, até alcançar o rio das Mortes e as primeiras elevações da serra do Roncador. Embora a Força Aérea Brasileira provesse os serviços de retaguarda, o grupo de expedicionários enfrentou condições difíceis devido ao suprimento irregular de víveres e medicamentos, à malária e à hostilidade de alguns povos nativos.

Mas, persistentes, os irmãos Villas-Bôas, que passaram a liderar a expedição, conseguiram atingir as cabeceiras do rio Xingu e estabelecer um contato amistoso com os indígenas.

Desde o início, houve uma grande identificação dos irmãos paulistas com os indígenas. Aos poucos, os Villas-Bôas ganharam a confiança dos nativos e se inseriram em seu modo de vida e em sua cultura.

Aquela convivência próxima com os povos da mata foi aos poucos mudando o pensamento e o jeito de ser dos peões da Expedição

Roncador-Xingu. Tomavam menos aguardente e, como consequência, se desentendiam menos. Também aprenderam a cantar e dançar nos festejos das aldeias e a ajudar uns aos outros.

Observando essas mudanças nos companheiros, Cláudio Villas-Bôas constatou algo que achou extraordinário. Ao contrário dos brancos, o *modus vivendi* – a maneira de viver – dos indígenas não visava ao acúmulo de riquezas, mas sim ao equilíbrio do ser humano, dentro de sua família e de sua comunidade.

Jade ainda se perguntava o porquê de a irmã ter dito aquele: "Ah, não! De novo isso?!", ao ver a embalagem do tempero.

Quando Janaína se levantou para lavar a louça, Jade a impediu. Então Janaína apenas colocou os pratos sujos na pia e voltou a sentar-se à mesa.

– Tô precisando contar uma coisa, mana. Não dá mais para guardar só pra mim. Tá me sufocando.

Jade aproximou sua cadeira à da irmã.

– Então conta, *hermanita*. Tenho horror de ver você preocupada.

Janaína pediu à irmã que aguardasse. Foi até o quarto buscar o caderninho com o desenho que havia feito naquela noite do sonho. Ao retornar, pegou também a embalagem do tempero e mostrou para Jade.

– Olha só pra isso, mana!

Jade observou os dois desenhos. Eram semelhantes. Mediu as palavras. Lembrava por alto daquela manhã. Janaína tinha ficado impressionada com o sonho, tanto quanto ao ver a embalagem do tempero.

O engraçado é que Jade havia comprado o tempero de um indígena. Ou descendente, que fosse. Provavelmente, o desenho da embalagem era de uma raiz. Mas por que será que Janaína achava que uma coisa tinha a ver com a outra?

Então a irmã contou sobre o mesmo desenho projetado no *slide* do historiador sueco.

Jade ficou pensativa. Ainda estava cética quanto àquelas desconfianças de Janaína; por outro lado, um símbolo, que elas nunca tinham visto antes, aparecer assim, três vezes seguidas, não era algo que acontece todo dia. Apesar de não estar convencida de que os desenhos queriam dizer algo ou mesmo que alguém estivesse sinalizando para a irmã, Jade decidiu juntar suas forças com as dela. Iriam averiguar do que se tratava tudo aquilo.

Janaína apertou a mão da irmã. Jade sempre estivera ali, ao lado dela, nas horas boas e também nas más.

– Vamos começar pela iconografia – declarou Jade.

– Oi?

Jade chamou a atenção da irmã. O vestibular se aproximava e ela precisava se aprofundar mais na língua portuguesa. Iconografia era um material pictórico, um conjunto de imagens, de ilustrações.

Janaína ficou sem graça. Jade estava certa.

As duas se acomodaram diante do *laptop* de Jade. Visitaram, durante um bom tempo, vários *sites* de busca. Encontraram desenhos de machados duplos das sacerdotisas de Delfos, varinhas de ouro em forma de caduceu, chocalhos usados no antigo Egito para afastar espíritos maléficos, e uma quantidade enorme de símbolos de todas as épocas e crenças.

Digitaram no buscador: "tribos indígenas símbolos"; "tribos indígenas ornamentos"; "desenhos indígenas" e outras variações do mesmo tema, mas não encontraram nada que se parecesse com o desenho.

– Desisto, Jade!

– Como desiste? Pois se é você a maior interessada! Ainda falta fazermos uma busca por imagens pelo celular.

Jade foi até a cozinha e retornou com a embalagem do tempero.

– O que vai fazer, mana?

– Usar o celular para fazer buscas com a imagem. É simples. – Jade focou no desenho da embalagem e fotografou. – Agora, é só eu entrar neste *site*, selecionar, na galeria do meu celular, a foto que acabei de tirar e tocar em concluído – disse, mostrando todos os passos à irmã.

– Não tô vendo nada de pesquisa – Janaína reclamou.

Mas, quando Jade clicou em *Mostrar Imagens*, algumas foram surgindo.

– Viu só, *hermanita*?

Mas nem mesmo Jade se convenceu do sucesso da pesquisa. As imagens que haviam aparecido não tinham nada a ver com a da embalagem. Janaína, olhos de jabuticaba, como dizia Luciano, não deixou passar uma ironia:

– Ser feliz é trabalhar muito e receber pouco!

Jade teve de admitir que a irmã estava certa em ser irônica. Provavelmente, a imagem da embalagem era estilizada, estava desfocada, malfeita, e por isso não tinha dados os frutos esperados.

Cabisbaixas e sem mais opções para o momento, as irmãs deram por encerrada a pesquisa. Ambas tinham afazeres de trabalho e estudo.

A noite caíra.

O celular de Jade tocou e, na tela, apareceu o rosto da mãe.

– Nossa, mamãe, você não morre mais! Tava pensando em ligar mais tarde.

A mãe conversava com Jade, quando Janaína entrou na sala.

– Mamiiiiis! Que saudade! Não vão voltar mais, é?

Lucélia, a mãe, riu do jeito da filha. Ainda uma criançona, na opinião dela.

– Faz poucos dias que viemos, querida.

Conversou bastante com as filhas; depois, cedeu a tela ao marido.

Marco Aurélio era apaixonado pelas meninas. Áurea dupla, como as chamava. Jade, agora uma colega de trabalho, e Janaína, que pendia mais para as artes, as pesquisas, apesar de saber que Lucélia ficaria feliz em ter uma filha jornalista, como ela.

Saudades amenizadas, os pais desligaram, prometendo voltar em breve.

– Eles merecem um descanso – Jade desligou o celular. – Mas deviam ter ido pra um lugar melhorzinho, tipo Paris, Bariloche, em vez de se enfiarem no sítio.

– Ainda bem que não foram! – resmungou Janaína, sem, no entanto, tocar no assunto do vírus. – Saber que eles estão aqui perto é bem melhor.

– Bebezona! – Jade agradou a irmã.

Após o lanche noturno, as irmãs voltaram às pesquisas sobre o desenho indígena.

Janaína sugeriu que entrassem no *site* do historiador sueco Kurt Braam. Jade assentiu, e a tela do *laptop* apresentou conteúdos de dezenas de palestras, trabalhos e conferências ministradas pelo famoso historiador. No entanto, as únicas fotos que as irmãs encontraram ali foram dos eventos em que Kurt havia participado.

– Ele projetou o *slide* de uma rocha com o mesmo desenho, na palestra da faculdade do Luc. De onde será que tirou? – Janaína reclamou.

O tempo escoou-se num átimo, e o relógio do *laptop* mostrava que passava das 23 h.

– Já é tarde, Jana, precisamos dormir. Mas não desanime. Amanhã, converso com um colega meu, do escritório, cuja esposa é antropóloga e trabalha no Iphan.

Janaína ficou sem graça. Assim como desconhecia o que era iconografia, também não sabia o significado daquela sigla. Mas a irmã logo notou por que a menina estava encabulada e já se antecipou:

– Iphan é a sigla do Instituto do Patrimônio Histórico e Artístico Nacional – Jade abraçou a irmã, rumo ao dormitório.

O contato de Jade poderia realmente trazer alguma pista sobre o desenho da pedra do indígena, mas, na cabeça de Janaína, outra ideia surgia.

5

Depois de anos de convivência, no que pode ser considerada uma das maiores experiências antropológicas de que se teve notícia, Orlando e Cláudio Villas-Bôas apresentaram ao governo o projeto para a criação do "Parque Indígena do Xingu", uma reserva florestal e, sobretudo, cultural.

A ideia do parque, havia tempos, já ocupava o pensamento dos irmãos, mas o que precipitou a tomada de iniciativa foi a decisão do governo de construir uma base militar no Xingu. Os Villas-Bôas sentiam-se responsáveis pelo bem-estar dos indígenas. Afinal, não eram os povos da floresta que os haviam procurado; eles é que tinham invadido seu território.

O avião da Força Aérea Brasileira aterrissou na clareira próxima à base dos irmãos Villas-Bôas, trazendo alguns militares e seu general. O intuito era dar as ordens e instruções definitivas para que iniciassem a construção da base militar na serra do Cachimbo, no Xingu.

Orlando Villas-Bôas contestou. Construir uma base militar estava totalmente fora das atribuições até então designadas a ele e seus irmãos. Além disso, o problema da serra do Cachimbo era o difícil acesso.

O general, parecendo não ouvir as explicações de Orlando, disse que o governo ajudaria no que fosse preciso, que os fazendeiros da região também contribuiriam com avião e combustível. Uma base militar em uma região abandonada como a deles seria mais do que bem-vinda.

Cláudio Villas-Bôas também foi contra. Uma base militar na serra do Cachimbo seria um desastre. Lá, habitava uma das últimas aldeias não contactadas: a dos crenacore, gigantes do norte. Se a aproximação fosse malfeita poderia resultar no fim trágico e instantâneo daquela aldeia.

Nenhuma das conjeturas, no entanto, abalou a decisão do general. Se a aproximação seria cautelosa ou displicente, isso era problema dos Villas-Bôas, não dele.

A situação parecia já estar decidida quando uma ideia ocorreu a Orlando. Ele propunha uma troca: abririam o caminho e construiriam a base, desde que fosse liberada uma boa área de terra para os indígenas do Xingu.

O general e sua equipe acharam graça na proposta. Uma cidade de indígenas... Terra era uma coisa muito preciosa, muito disputada, ótima para criar gado. Encaminharia, no entanto, a reivindicação ao presidente. Mas não poderia prometer nada.

O assunto parecia estar encerrado, não fosse um aparte sigiloso de um fazendeiro presente.

Após ouvir o fazendeiro, o general perguntou em quanto tempo os irmãos Villas-Bôas e seus homens poderiam entregar a base. E, como eles dissessem que fariam no tempo que o general determinasse, foi fechado o acordo.

Mãos apertadas, fios de bigode trocados, ficou decidida a questão: a base militar pelo Parque do Xingu, onde os indígenas, finalmente, poderiam viver em paz.

Era bom demais para ser verdade.

»

A ideia da noite anterior ainda não tinha desaparecido da cabeça de Janaína quando ela acordou na manhã seguinte. Iria visitar uma aldeia indígena. Sabia que na capital paulista havia algumas. Pesquisaria onde. Não contaria nada a Jade, no entanto. A irmã certamente se preocuparia.

No colégio, a primeira parte do dia transcorreu tranquila. Após as aulas, os colegas se reuniram para almoçar em um restaurante por quilo, perto da escola – os novos alunos, para se conhecerem, e os antigos, para contar como tinham sido as férias.

Em meio à algazarra durante a refeição, Janaína recebeu uma mensagem da irmã:

Jade

Hermanita, conversei com meu amigo sobre o
nosso assunto.
Ele me passou o contato da Flora, esposa dele,
do Iphan.
À noite, falamos com ela, ok?
Beijão e até mais tarde! 😘

Ainda que estivesse contente com a notícia, Janaína não afastava a ideia de ir a uma aldeia.

Logo que chegou em casa, abriu seu *tablet* e começou a pesquisa. Jade só chegaria bem mais tarde; assim, a irmã caçula teria tempo de encontrar as aldeias sem que a mais velha percebesse.

Não demorou muito para encontrar a informação que queria.

A página da internet apresentava um grupo de aldeias situadas no distrito de Parelheiros, região sudeste da cidade de São Paulo. Dentre elas, escolheu a Tenonde Porã. Janaína clicou no nome da aldeia e viu que era aberta à visitação. Mas, para isso, seria necessário um agendamento pelo *site* que a página citava.

Satisfeita com a descoberta, a menina largou o *tablet* na mesa da sala e foi até o quarto pegar uma caneta e seu indefectível caderninho de anotações. Ao abrir a gaveta da mesinha de cabeceira, olhou, de novo, o desenho da pedra, bem como as palavras que o indígena havia proferido.

Ao voltar para a sala, deparou com a irmã segurando seu *tablet*.

– Jade! De novo mais cedo em casa?!

Mas a irmã não se deu o trabalho de responder. Apenas apontou para a tela do *tablet*.

Não havia como negar.

Jade puxou Janaína pela mão, fazendo-a sentar no sofá. Procurou palavras para dissuadir a irmã daquela ideia.

Normalmente, as aldeias eram bem distantes, com estradas de terra. Os *sites* mostravam tudo muito bonito, mas não tinha como saber se eram assim. Jade havia conseguido o contato da esposa do amigo. Por que Janaína era sempre tão teimosa e afobada?

Mas a irmã se rebelou. Estava farta de ser tratada feito criança. Falar com uma antropóloga não era a mesma coisa que ir a uma aldeia.

– Eu quero ir. Preciso ir, e vou! – Janaína levantou-se do sofá.

Jade olhou com apreensão para a irmã. Tivera uma audiência mais rápida do que o previsto. Voltara para casa com a intenção de telefonarem para a antropóloga. Mas não havia clima. Levantou-se, foi para o quarto e não retornou.

Janaína odiava se desentender com a irmã. E tinha plena consciência de que fora ríspida com ela. Mas era enredada com as palavras. Tinha dificuldade em pedir desculpas. Embrenhou-se em seus deveres escolares e deixou o resto da tarde se arrastar.

Já era noite quando Jade apareceu na sala, onde encontrou a irmã ainda amuada, com olhos que pareciam ver televisão. Sentou-se ao lado dela.

A presença da irmã fez Janaína recordar quão rude havia sido com ela. Engoliu em seco, buscou as palavras, fez um esforço e pediu desculpas.

– Esquece, *hermanita* – Jade tocou a mão da irmã. – Vamos começar a conversa de novo. O que você acha que vai encontrar na aldeia indígena? O velho do seu sonho?

Janaína baixou a cabeça. A irmã estava pronta para ajudá-la, mas não para acreditar nela.

Jade fez uma proposta: como a página da aldeia pesquisada por Janaína pedia o agendamento das visitas, poderiam marcar para o sábado vindouro. Iriam juntas, no carro dela. Visitariam a aldeia, depois almoçariam em algum lugar agradável.

– Você topa, Jana?

Janaína sorriu para a irmã. Ela queria agradá-la, como sempre.

– Topa ou não topa? – Jade deu as duas mãos para a irmã espalmar.

Selado o acordo, Janaína comprometeu-se a fazer o agendamento no dia seguinte.

6

Após a morte de Yauapi, a aldeia dos panará não tinha mais pajé.

Toriaua havia procurado a pedra do amuleto por um longo tempo. Varara as matas, pedindo às árvores que lhe mostrassem o caminho. Observara os rios, ansiando por ajuda. Mas nem uns nem outros puderam ouvi-lo. Ele não trazia o amuleto pendurado ao pescoço.

O filho de Yauapi sentia-se pajé, pois aprendera tudo com o pai. Mas não podia conversar com os espíritos da mata nem dos rios. Nem Iavurê-cunhã, o espírito da mata, aparecia para ele. Também não podia ouvir o som da flauta sagrada do Jakuí, a entidade do rio.

Toriaua ainda era bem pequeno quando o pai lhe contou sobre o Jakuí. Esse espírito morava no fundo dos rios e tocava flauta. Yauapi dizia que as músicas que Jakuí tocava encantavam todos os peixes do rio e até os pássaros e animais da floresta. O som ia subindo, devagarinho, para a beira do rio. Quando chegava à tona, na época das chuvas, os peixes vinham acompanhando o som e se deixavam pescar. Jakuí sabia que Yauapi era pajé, pois trazia o talismã pendurado ao pescoço.

Havia uma história envolvendo o Jakuí. Na época em que ele subia das profundezas do rio, tocando sua flauta, e os peixes abundavam, a aldeia, em agradecimento, lhe oferecia uma festa. Mas só os homens podiam participar da cerimônia. As mulheres eram proibidas. Antes de a festa começar, elas se recolhiam às choças. Caso não fizessem isso, um ninho de marimbondos se instalaria sobre suas cabeças.

Com Toriaua sentado em seu joelho, o pajé Yauapi contava que, um dia, ele também ouviria o som da flauta de Jakuí, e os peixes viriam à tona.

Quando Toriaua ficou maior e ganhou o direito de pintar o corpo com os mesmos símbolos do pai, Yauapi começou a ensinar-lhe sobre as raízes, as rezas sagradas, os unguentos. Tudo aquilo a floresta é que dava; por isso precisava respeitá-la sempre. Pedir licença para entrar, agradecer por tudo o que colhesse dela. E, quando fosse caçar ou pescar, deveria dizer: "Eu preciso caçar e pescar para sobreviver".

Yauapi dizia ainda que, quando as mulheres da aldeia precisassem de cipó, para fazer os balaios, e os homens, para fazer as choças, deveriam se postar rentes aos troncos das centenárias árvores e pedir: "Vovó, podemos arrancar uns fios dos seus cabelos?". E, depois dos cipós arrancados, agradecer. Sempre agradecer.

"Indígena, para viver, meu filho, só precisa da floresta e do rio. É deles que tudo vem." Toriaua parecia ouvir a voz do pai lhe dizendo.

Para onde tinha ido aquele tempo tão bom? Por que Yauapi não se comunicava com ele? Com certeza, sua angústia atrapalhava a comunicação com o pai. Onde estaria a pedra do amuleto?

O tempo, agora, era de medo, de fugas constantes. Pairava sobre a aldeia, a floresta e o rio a ameaça da Pakyã' Akriti, a falsa estrela cadente. Os panará, sem pajé, não saberiam que estrela era aquela nem quando ela apareceria.

Naquela noite, Janaína teve insônia. Já passava das 3 h da manhã quando conseguiu adormecer. E o sonho com o velho indígena veio, de novo, fustigar seu descanso. Dessa vez, o ancião lhe mostrou uma rocha. Arredondada como uma abóbada, marrom como o barro, ao lado de uma frondosa árvore. Desenhado na rocha, o mesmo símbolo da pedra: o fio com dois pingentes.

Jade despertou com a inquietação de Janaína, que se remexia na cama.

– Jana! Jana! Acorde! O que foi? – Jade beijou a irmã, que suava.

Janaína despertou assustada.

– Era ele, de novo, mana. O velho indígena. Mas, hoje, em vez da pedra, mostrou uma rocha, marcada com o mesmo símbolo. Uma rocha no meio da mata.

Jade, sempre tão eloquente, perdeu as palavras. Na tentativa de acalmar a irmã, sugeriu que ela desenhasse também a rocha, no caderninho.

Algumas horas mais tarde, Janaína viu a irmã se preparar para ir ao trabalho. Antes de sair, porém, Jade a lembrou de agendar a visita à aldeia e convidar Luciano para acompanhá-las.

Janaína, contudo, não encontrava forças para ir ao colégio. Fechou os olhos e tentou rever o sonho. A rocha marcada com o desenho... De repente, uma lembrança! Era a mesma rocha do *slide* do historiador sueco.

Levantou da cama, feito um raio. Pegou seu caderninho e esboçou as imagens do sonho. Depois, foi para a cozinha e sorveu o café preto, que a irmã havia feito. Já na sala, ligou o *tablet*, à procura de algo que nem ela mesma sabia o que era. Então telefonou para a aldeia Tenondé Porã para agendar a visita.

Uma gravação com voz de trovoada atendeu com uma péssima notícia: visitas só poderiam ser agendadas para dali a duas semanas.

O instinto de Janaína lhe dizia que não podia esperar todo esse tempo. Foi para o quarto e arrumou uma mochila. Mas não a do colégio. Estava errada, sabia disso. Aquele era o último ano do Ensino Médio; ela não deveria matar aula daquele jeito. Mas era só naquele dia, prometeu a si mesma. Tomaria o rumo da aldeia Tenondé Porã.

Pegou seu caderninho de anotações, uma caneta, um agasalho e um guarda-chuva. Colocou tudo na mochila. Consultou, no celular, um aplicativo que mostrava as linhas de ônibus, metrô e trem. Titubeou. Ia levar cerca de três horas para chegar até lá. E não tinha agendado nada. E se fosse barrada? E se não a deixassem entrar? Mas estava decidida; iria em frente.

Antes de sair, escreveu um bilhete para Jade, dizendo que não se preocupasse.

A saga de Janaína em busca da aldeia Tenondé Porã foi longa. Mas lá estava ela.

Entrou a passos lentos, um tanto receosa. Sentiu-se uma intrusa.

– Moça! – Janaína ouviu uma voz.

Voltando-se, viu um homem. Pelos traços, percebeu que era indígena. Usava calça *jeans*, camiseta, tênis.

– A moça tá procurando alguma coisa?

Janaína não sabia o que dizer. Ensaiara tanto dentro dos ônibus...

– Eu vim conhecer a aldeia e conversar com algum indígena – disse o que lhe veio à cabeça.

– A moça precisava agendar visita. Mas já que veio, meu nome é Pekwàn Tenondé – O indígena estendeu a mão.

– Janaína – ela retribuiu.

– Janaína é nome indígena. Quer dizer "sereia das águas, mãe dos peixes".

– Eu sei. Meus pais escolheram meu nome por isso.

Pekwàn havia, sem querer, conseguido acalmá-la.

– Vem comigo até o Centro Comunitário. Lá, pode me perguntar o que quiser.

Janaína seguiu o indígena por um caminho cheio de árvores. No percurso, viu muitas crianças brincando; duas outras, com cerca de 12 anos, fumavam uma espécie de cachimbo.

Percorreram uns quinhentos metros a pé até chegarem ao Centro Comunitário: uma sala enorme com uma mesa de dimensões proporcionais ao espaço.

Ao convite de Pekwàn, Janaína sentou-se à mesa.

– Fica à vontade – disse o indígena, também se sentando. – Pode perguntar o que quiser, que eu respondo.

– Bem, antes de mais nada, Pekwàn, eu acabei de ver duas meninas fumando cachimbo. É com alguma erva medicinal?

O indígena sorriu. Explicou que o cachimbo se chamava petenguá e continha tabaco mesmo. Que o tabaco era uma planta sagrada para os indígenas, mas o branco havia conseguido transformá-la em causa cancerígena. Aquele dia estava quente, mas costumava fazer muito frio naquela região. As casas não tinham forro e o vento trespassava violentamente. As noites de inverno eram gélidas. Os homens e mulheres, ao redor da fogueira ou das panelas com brasas, dentro das casas, conversavam, contavam histórias, recordavam os antepassados. Também viam televisão. Às vezes, quando uma nesga de vento soprava mais forte, davam o petenguá para alguma criança pitar, para também espantar o frio. E elas se viciavam. Não havia jeito.

– A gente tem que se virar com o que tem – concluiu Pekwàn.

Para Janaína, tudo ali era surreal. As pessoas dos grandes centros, ou mesmo de cidades pequenas, mas com todo o conforto, nem imaginavam que outros viviam com tão pouco. Criança que fumava cachimbo para se esquentar... Janaína perdeu-se nos pensamentos, até que Pekwàn a fez voltar.

– Janaína quer perguntar mais coisas?

Ela não sabia como entrar no assunto do sonho. Mas, afinal, era para isso que estava ali. Tirando o caderninho da mochila, disse:

– Pekwàn, você, por acaso, já viu este desenho em algum lugar?

O indígena pegou a caderneta a observou.

– Flor de urucum.

– Urucum?! Não conheço.

Pekwàn Tenondé sorriu.

– Janaína mora na cidade grande. Lá não tem urucum.

O indígena seguiu com ela até um grande jirau, espécie de secador de frutas, onde estavam alguns urucuns.

Atônita, Janaína deparou com vários daqueles fios e pingentes grudados nas flores, já secas, do fruto.

– De onde vieram essas frutas, Pekwàn?

– Daqui mesmo, da aldeia. Urucum não gosta de frio, mas a gente está sempre tentando plantar. De vez em quando, aparece uma frutinha. O urucum dá uma tinta vermelha, boa para pintar o corpo. Aqui, na capital, chamam de colorau. Mas na Amazônia é urucum mesmo. Quando vai alguém para lá, a gente pede para trazer sementes.

O urucum dava uma tinta vermelha, tinha dito Pekwàn, o que fez Janaína se lembrar do tempero que Jade pusera na sopa para deixá-la avermelhada. Sentindo-se à vontade com o indígena, a menina pegou o caderninho, que ainda estava com Pekwàn, e mostrou o que o ancião de seu sonho dissera.

– E você por acaso sabe o que significa isto aqui? "Repisari quem tomapanjo" – ela leu.

O indígena olhou bem, passou das palavras para o desenho, e vice-versa, algumas vezes.

– Isso não é minha língua.

O coração de Janaína disparou.

– Eu ouvi uma pessoa dizer e escrevi do meu jeito. Não dá pra você entender o que o velho indígena queria comunicar?

– Velho indígena? Janaína conhece um velho indígena?

Ela estava ali, na aldeia, longe de tudo e de todos. Será que Pekwàn acreditaria na história dela? Achou melhor negar. Disse que tinha visto o ancião em um documentário de televisão.

– Essa não é a língua do meu povo.

– E de que língua é? De que lugar? – Janaína se angustiou.

– Não sei. Mas de aldeia de São Paulo não é.

Passava das 16 horas quando ela chegou de volta à sua casa. Jade ainda não estava. Melhor assim. Rasgaria o bilhete e a irmã nem saberia de sua quase infrutífera aventura.

7

Os trabalhos de construção da base militar iam de vento em popa. Os próprios indígenas, de várias aldeias, ajudavam na empreitada.

Quando os nativos sentiam falta de seus afazeres comuns: caça, pesca e plantação, os irmãos Villas-Bôas os incentivavam com a promessa que o cacique branco, o general das Forças Armadas, havia feito: eles trabalhariam na construção da base e, depois, ganhariam uma grande porção de terra.

E o sonho da terra levava o trabalho adiante.

Em uma manhã de sol, como quase todas as da serra do Cachimbo, o avião que levava apenas os irmãos Villas-Bôas e o piloto cruzou os céus daquelas plagas para fazer um estudo topográfico. Então, a certa altura, deu sinais de pane. Todos a bordo se alarmaram mais e mais à medida que o voo assumia uma trajetória descendente. A aeronave, em pouco tempo, passou a rodopiar enquanto seguia freneticamente rumo ao chão.

Graças à perícia do piloto, que conseguiu pousar no meio da mata, não houve mortes. O avião, porém, ficou destruído.

Não dava para entender o que havia acontecido, o piloto comentou. O avião tinha passado por uma revisão antes da viagem. A não ser que alguém tivesse mexido nas engrenagens depois.

Cláudio espantou-se com o comentário. Aquilo queria dizer sabotagem.

O piloto franziu a testa e soltou o verbo. Nas redondezas, não se falava em outra coisa. Os irmãos Villas-Bôas eram pedras nos sapatos dos fazendeiros e dos militares, e tudo o que os poderosos queriam era se livrar deles.

– Essa gente graúda não dá ponto sem nó. E, nesse caso, as carniças são vocês. A base militar que estão construindo engole dinheiro. E querem saber de uma? Duvido que vá sair essa terra que os indígenas estão esperando!

Os irmãos Villas-Bôas ficaram chocados com a revelação do piloto. Era uma gente graúda no dinheiro, mas miúda em sentimentos. Uma corja desalmada preocupada somente com o próprio umbigo e capaz de sabotar, de matar, de passar por cima do que fosse para conseguir o que queriam.

Sem querer, tinham acabado com a paz dos indígenas, os Villas-Bôas, desanimados, concluíram. Mas a terra haveria de sair! Tinham feito um pacto de honra, um acordo de cavalheiros.

A noite caiu na floresta. Ali, ao lado do avião espatifado, os sobreviventes ouviram o canto dos crenacore. Nenhum branco ainda tinha visto os indígenas gigantes.

Ao romper do novo dia, outro avião, circundando as redondezas, encontrou e levou embora os Villas-Bôas e seu piloto.

No começo do ano de 1950, ao som do hino nacional brasileiro, a base militar da serra do Cachimbo foi inaugurada. A paz da aldeia crenacore, dos panará, havia sido preservada. Não fora necessário adentrar as profundezas da mata para construir a base.

O general, carinhosamente chamado de cacique branco, foi apresentado a todos os caciques das aldeias, como numa cerimônia ecumênica. Em seguida, os irmãos Villas-Bôas foram convidados para um almoço regado a champanhe. Orlando e Cláudio sentaram-se à mesa, ao lado do general, animados em receber o documento que sacramentava a posse das terras aos indígenas, aquelas que viriam a se tornar o Parque Indígena do Xingu.

A certa altura do almoço, o general pediu a palavra e passou para as mãos de Orlando um envelope. Era um presente do presidente da República. E, se não fosse do agrado dos irmãos, ele ofereceria mais.

Feliz, Orlando Villas-Bôas abriu o envelope.

Cláudio notou o olhar de fúria do irmão.

O documento referia-se a uma vantajosa gleba de terras em nome deles. Mas aquilo não era o combinado! Orlando se revoltou. E as terras que eles haviam prometido aos indígenas?

Os fazendeiros presentes ao almoço baixaram os olhos.

Eram terras boas para gado e plantação, ponderou o general. Tinham sido distribuídas aos fazendeiros, que saberiam fazer muito melhor uso delas que os indígenas.

Levantando-se exaltado da mesa, Orlando sacudia na frente de todos o documento que havia recebido. Aquelas terras tinham donos: os indígenas! Ninguém poderia redistribuí-las à revelia deles!

Entrementes, em alvoroço, os nativos esperavam pela boa notícia, da liberação das terras, que não veio.

Ponderados que eram, os Villas-Bôas os aquietaram. Eles precisavam se unir, evitar brigas, pois os inimigos eram os brancos.

Dias depois, os olhares abismados de Orlando e Cláudio depararam com a manchete do *Jornal do Povo*, do estado de Mato Grosso:

FRONTEIRA AGRÍCOLA AVANÇA NO MATO-GROSSO

– Escuta, você ainda namora comigo, *amore*? – Janaína ouvia no celular a voz de Luciano logo depois de ter rasgado o bilhete que deixara para Jade. – Onde você estava? Liguei quinhentas vezes.

– Calma, Luc! Tive prova no colégio e cheguei exausta. Esqueci que tinha desligado o som do celular.

– Ah, não teve prova nenhuma! As aulas mal começaram! Você nem foi no colégio hoje. Fui buscar você, de surpresa, e o surpreendido fui eu.

Janaína não soube mais o que dizer. Era fato e o namorado sabia. Ainda não pretendia contar sobre sua ida à aldeia, mas propôs que ele viesse vê-la mais tarde. Seria bom para acalmar os ânimos.

Jade chegou praticamente junto com Luciano.

– Jana, olha quem eu trouxe pra você! – E apontou para ele.

Janaína respirou fundo.

– *Show*!

– Viu só como sua irmã me trata, cunhadinha?

Jade foi para o quarto deixar a bolsa e a pasta de trabalho e voltou segurando um pacotinho.

– Pra você, *hermanita*.

Janaína, ansiosa, foi logo abrindo o embrulho. Um pequeno broche saltou aos seus olhos: o fio com os dois pingentes. Ficou perplexa. Sentou-se no sofá da sala, sem dizer palavra.

– Vi na vitrine de uma loja de bijuterias, perto do escritório, Jana. Não resisti.

Então o sinal do indígena não era só para ela? Pensou Janaína. Ou o sentimento que a unia à irmã era tão forte que o indígena tinha pedido ajuda também para Jade?

Luciano observou as duas irmãs trocando olhares.

– Uma muda e outra calada. Tô bem arranjado. Posso saber qual é o segredo?

Jade rompeu o silêncio. Não havia segredo. Ela havia achado o broche bonito e decidiu comprá-lo para a irmã.

– Que tal comida japonesa para o jantar? – sugeriu Jade, afastando-se para fazer o pedido pelo celular.

Janaína ainda continuava quieta, sentada no sofá. Apesar do presente, sentia que a irmã não acreditava nela. Luciano sentou-se ao lado da namorada e a abraçou.

– *Amore*, sei que está acontecendo algo com você, mas não sei o que é. Vim aqui para pôr tudo em pratos limpos. Saber por que você não foi ao colégio, onde se meteu o dia todo. Então, só quero que saiba que eu vou estar aqui quando você quiser se abrir, ok?

Janaína deitou a cabeça no ombro do namorado.

– Te amo, Luc! Tem umas coisas acontecendo, sim. Logo eu te conto.

Jade havia terminado o pedido de comida e voltado à sala, a tempo de ouvir Luciano dizer que a irmã tinha faltado às aulas. Aproximando-se, confrontou Janaína:

– Ouvi dizer que você faltou às aulas hoje, Jana, ou será que me enganei?

Janaína sentiu-se acuada. Precisava abrir o jogo, de uma vez por todas.

– Faltei, mana. Fui à aldeia Tenondé Porã. Pronto, falei!

– Não acredito! – Jade segurou o rosto com as duas mãos.

E Luciano, instantaneamente, lembrou-se da palestra do historiador sueco, que havia despertado um interesse enorme na namorada.

– Não tô entendendo nada, mas quero.

Primeiro, Janaína se desculpou com a irmã por ter ido sozinha à aldeia. Contou o motivo e disse que não teria aguentado esperar tanto tempo. Explicou que o indígena tinha sido bem simpático por recebê-la sem agendamento.

Mesmo que chateada com a irmã, Jade compreendeu. Então as duas explicaram toda a história para Luciano.

O interfone tocou, avisando da chegada da comida. E, enquanto os três saboreavam o cardápio nipônico, Janaína contou toda a sua aventura na aldeia Tenondé Porã, que tanto Jade quanto Luciano desconheciam.

– Todo esse *frisson* para visitar a aldeia, e acabei voltando pra casa sem nenhuma informação de peso.

– Como não?! – retrucou Jade. – Agora sabemos que o desenho do fio com dois pingentes deve ter sido tirado da flor do urucum e que o indígena da aldeia Tenondé Porã não é da mesma etnia do indígena do seu sonho; caso contrário, teria conseguido ler os dizeres.

– Isso mesmo, cunhadinha. Existem zilhões de etnias e dialetos indígenas. E você também descobriu que o urucum é da Amazônia, *amore*.

– E eu que pensei que você nunca acreditaria nessa história toda, amor! No entanto...

– ... No entanto, não sei se acredito. Mas quero ser historiador, e a pesquisa me atrai como o ímã ao ferro. – Luciano ganhou um beijo da namorada. – Qual será o próximo passo, meninas? Sim, porque agora eu já faço parte da expedição.

As duas irmãs deram risada, juntando as mãos com as de Luciano.

– Juntos, venceremos! – disse Janaína.

– Ou juntos, descobriremos! – apartou Luciano.

– No sábado, vamos visitar a aldeia Kalipety. Vou agendar amanhã – Janaína avisou.

Sonhos, desenho, uma língua estranha; o que mais encontrariam na nova aldeia?

8

Não adiantava apenas terem medo da Pakyã' Akriti; os panará precisavam agir, pensava Toriaua. Sabiam que os brancos viviam por perto. De nada servia fugir deles e mudar a aldeia de lugar, pois eles vinham atrás, sondando, esquadrinhando a mata.

Quando esses pensamentos tolhiam os caminhos de Toriaua, ele se abrigava sob a copa de alguma árvore e recordava os ensinamentos do pai.

Um dia, ele também pintaria o corpo com as mesmas cores do pai. As do pajé que ele seria. Os pigmentos não serviam só para enfeitar; também protegiam do sol, dos insetos e dos espíritos maus. As cores e os desenhos falavam, contou Yauapi. Davam recados. Mostravam os sentimentos deles e o que pretendiam. Boa tinta, boa pintura, bom desenho traziam sorte durante a caça, a pesca, as lutas e as viagens.

Que bela infância ele, Toriaua, tinha desfrutado! Cercado da mata, dos animais, dos passarinhos e das histórias contadas pelo pai e pela mãe. Uma dessas histórias explicava por que os panará tinham esse nome.

Naqueles tempos, quando Toriaua era bem pequeno, nasceu Mengrire, um bebê enorme. E, a cada dia que passava, Mengrire crescia mais. Ficou maior que todas as crianças da aldeia, mesmo as mais velhas. O jovem gigante comia o triplo do purê de mandioca e consumia muitos peixes num dia só. De repente, ficou homem. Mas ainda era criança. Só era muito grande; passava de dois metros.

Enquanto isso, outros povos nativos tentavam se apoderar das terras dos panará. Uma desses grupos era os caiapós, seus maiores inimigos. Atacavam a aldeia à noite e levavam peixes e caças.

Certa noite, porém, Mengrire, que ainda estava acordado, ouviu barulhos estranhos. Saiu da choça e deparou com indígenas de outra etnia. Eles, por sua vez, ao verem aquele indígena enorme, saíram gritando: “Pjâ! Pjâ!”, ou seja: “Gigante! Gigante!”. Daquela noite em diante, ninguém mais apareceu na aldeia para roubar, e a lenda de que os panará eram gigantes se espalhou por toda a floresta.

Histórias engraçadas como a do gigante eram lembradas pelos habitantes da aldeia nas noites de lua cheia, quando se reuniam ao redor da fogueira. Mas havia outras bem sérias que Toriaua ouvira do pai.

Um dia, o homem branco comeria toda a floresta e beberia toda a água dos rios.

Toriaua não entendia aquilo. As árvores da floresta tinham cascas duras. Como o homem branco comeria aquilo? E havia muita água nos rios. Como conseguiria beber tudo?

Mas a aldeia panará não podia mais viver assim, apenas esperando o pior, fugindo do perigo. Como saber se o homem branco era perigoso, se não se aproximassem dele? Toriaua não era pajé nem cacique, mas era corajoso. Convenceria o cacique a juntar um grupo com os indígenas mais valentes da aldeia para se aproximarem da clareira dos brancos. Iriam em paz. Quem sabe a Pakyã' Akriti não fosse tão perigosa.

Era verão, mas o sábado amanheceu chuvoso. Na hora marcada, Luciano chegou na casa da namorada. As duas irmãs haviam agendado uma visita à aldeia Kalipety.

Janaína nem tinha conseguido dormir direito. Levantou cedo, preparou o café e fazia uns sanduíches quando Jade apareceu na cozinha.

– Mas se não fica excitada com as coisas, não é minha *hermanita* – disse ela, bem-humorada. – Que sanduíches são esses?

– Pra levar na mochila. Vai que...

– Vai que o que, Jana? Eu não convidei você e o Luc pra almoçar, depois da visita?

– Tá, convidou. Mas vai que fura um pneu, a gente tem fome...

Jade deu risada das justificativas da irmã. Ela era assim: mais precavida do que pessimista.

Luciano chegou, munido de uma câmera semiprofissional e com um boné que tinha uma proteção que se estendia pela nuca.

– Pensa que vai aonde com esse chapéu, amor? Tá parecendo o Indiana Jones.

Jade fez sinal para ele não ligar para o comentário da irmã.

– Como diz sua irmãzinha, nosso caso é de amor e ódio. Só o que ela não sabe é que o ódio e o amor andam de mãos dadas – disse Luciano antes de beijar a namorada. – Tô empolgadaço com essa história de visitar aldeia, sabiam, meninas? Tudo a ver comigo.

– Não comentou com ninguém, né, Luc? – quis saber a namorada.

– Claro que não! Pra dizer a verdade, nem tive tempo.

Janaína ia retrucar, mas Jade a puxou para o quarto. Precisavam se apressar, pois o caminho era longo. Três quilômetros mais longe que a aldeia Tenondé Porã.

Luciano ofereceu seu carro para irem, mas, segundo ele, uma porta só abria por dentro; a outra, só por fora. A tampa do porta-luvas caía quando o carro passava em algum buraco e havia um pequeno furo no chão, do lado do motorista. Fora isso, o carro estava ótimo.

Jade se divertiu com o bom humor dele.

– Nada como o otimismo, cunhadinho, mas é melhor irmos no meu carro.

– Estudante é fogo, né? Ainda sou um sortudo por ter carro. Já vi que a maioria do pessoal na faculdade pega ônibus e metrô. – Luciano se acomodou no banco de trás do carro da cunhada. – Vai na frente, de copiloto da sua irmã, *amore*.

A chuva, que se iniciara fininha, pela manhã, engrossava à medida que adentravam o caminho para a aldeia. A estrada só era asfaltada até certo ponto. Depois, uma terra dura com pedriscos por cima. Mas a chuva já havia transformado tudo em lama, fazendo o carro de Jade deslizar.

– Será que ainda falta muito pra chegar, cunhada?

Foi Janaína quem respondeu:

– Quando estive aqui, deste ponto até a aldeia não era longe, mas o caso é que estamos sem sinal de GPS. Deve ser por causa da chuva. E a Kalipety é mais longe.

– Não tem problema, eu imprimi o mapa, Jana. Vamos nos guiar por ele – avisou Jade, abrindo a planta da região.

Assim foi. Entre derrapadas e erros de direção, os três expedicionários, como os apelidara Luciano, chegaram à aldeia.

Quem os recebeu foi uma indígena delicada e culta, formada em Pedagogia, de nome Môpea.

– Olá! Vamos entrando, pois essa chuva, aqui em Parelheiros, depois que começa, não tem hora pra acabar – disse ela, e acomodou os visitantes em uma sala de aula da escola da aldeia. – Uma pena terem vindo em um dia de chuva! Gostaria de mostrar muitas coisas da nossa aldeia. Apesar de nem tudo ser flores, por aqui.

Jade foi a primeira a falar. Apresentou-se, seguida pela irmã e o namorado. Também gostariam de conhecer melhor o lugar, mas, na verdade, a visita tinha outro intuito.

– Minha irmã, recentemente, esteve na aldeia Tenondé Porã... – Então pediu a Janaína que relatasse a visita à Môpea e mostrasse os desenhos da pedra e da rocha, e os dizeres do indígena. E que também revelasse, de uma vez por todas, os sonhos e os indícios de que o velho podia estar pedindo ajuda.

A indígena ouviu atentamente a história, olhou os desenhos e os dizeres. Depois, comentou:

– Isso que você me contou, Janaína, não foram sonhos, nem o que ocorreu depois foram coincidências.

– Sério?! – espantou-se Luciano.

– Sim. O velho indígena veio, mesmo, falar com você. Mas, como você pensou que fosse só um sonho, ele deu outros sinais, até você finalmente acreditar neles. Por isso está aqui.

Janaína também estava espantada.

– Mas isso é possível, Môpea? Por que o indígena se comunicou justamente comigo?

Môpea explicou que os indígenas mortos tinham o dom de se comunicar com os descendentes. Que ela devia ter algum ancestral indígena ou de descendência indígena.

As duas irmãs entreolharam-se, com expressão de interrogação.

Jade negou. Por parte de pai, eram descendentes de espanhol, e de mãe, de italianos.

A indígena sorriu.

– Pois eu aconselho vocês a se aprofundarem na árvore genealógica da família. É certo que vão encontrar indígenas no meio dela.

A informação de Môpea conturbou o pensamento de Luciano. Uma pesquisa daquela era ouro para um futuro historiador.

As duas irmãs também ficaram um tanto perturbadas com aquelas revelações da moradora da aldeia. Mas, na verdade, o motivo da visita era saber sobre os desenhos e as palavras do velho indígena.

Môpea pareceu adivinhar o pensamento delas.

– Lamento, meninas, mas minha língua é a mesma de todas as aldeias de Parelheiros. O povo indígena tem muitas etnias, e cada uma, um dialeto próprio.

– Foi o que eu disse – comentou, vaidoso, Luciano.

– Não sei o que está escrito aqui. Mas o desenho, tanto da pedra quanto da rocha, é da raiz da flor de urucum.

Janaína não podia acreditar que iam embora com a mesma informação de quando haviam chegado. Môpea pediu desculpas por não poder ajudar mais. E tornou a afirmar que as duas irmãs tinham antepassados indígenas.

– Procurem, que vão achar! E voltem num dia de sol pra conhecer a aldeia.

O caminho de volta para casa pareceu mais rápido do que o trajeto de ida, apesar da estradinha encharcada.

O convite de Jade estava de pé, e os três pararam para almoçar em um pequeno restaurante à beira da estrada principal.

Janaína estava calada. Não tinha dito palavra desde que haviam saído da aldeia.

– *Amore*, não fique chateada – disse Luciano, apertando a mão da namorada. – A gente vai desvendar essa história toda, quer apostar?

Jade disse a mesma coisa. Afinal, tinham saído daquela aldeia com uma nova informação: que deveriam ter antepassados indígenas.

– Prioli Velásquez! Essa é a nossa aldeia! Cadê o indígena aí no meio? A Môpea só confundiu mais as coisas – esbravejou Janaína, irritada, ao se levantar da mesa.

Luciano quis dizer algo, mas Jade fez um sinal para ele. Quando a irmã entrava em crise, só o silêncio a fazia sair dela.

9

Jânio Quadros acabava de ser eleito presidente do Brasil. E Orlando Villas-Bôas tinha bom relacionamento com ele. Decidiu marcar uma entrevista, na tentativa de convencê-lo a assinar uma doação de terras para a construção do parque indígena.

Orlando combinou com Cláudio que, enquanto ele fosse conversar com Jânio Quadros, o irmão permaneceria no Xingu, tentando barrar a posse dos fazendeiros. Cláudio, embora se mostrasse cético – afinal, os fazendeiros eram poderosos e viviam de braços dados com os militares –, tentaria de tudo para impedir o avanço do desmatamento.

Mas os novos posseiros das terras indígenas não queriam esperar. Após a doação do governo, começaram imediatamente a derrubada de árvores e as demarcações de suas propriedades. Peões e mais peões chegavam para integrar as frentes de trabalho.

Acompanhado de indígenas de várias aldeias que, naquele momento, haviam esquecido suas diferenças e se unido, Cláudio Villas-Bôas começou a visitar as novas instalações, precariamente providenciadas pelos fazendeiros, para que os peões morassem.

Aquilo era território indígena, e eles não podiam desmatar, avisou Cláudio ao proprietário do primeiro assentamento visitado.

– E desde quando índio tem terra? – respondeu um deles. – Esta terra é minha. Quem me deu foi o governador. Índio não presta pra nada. E branco que protege índio, pra nós, é pior do que eles!

A partir dali, com seus corpos pintados para rituais de guerra, os indígenas, revoltados, passaram a invadir as terras que lhes tinham sido roubadas. Muitos morreram. Suas armas eram o arco e flecha e as facas, enquanto os brancos estavam munidos de pistolas e espingardas.

Enquanto Cláudio, em vão, continuava sua saga para tentar recuperar as terras indígenas, Orlando se empenhava em conseguir uma reunião com Jânio Quadros. Àquela altura, Leonardo, o irmão mais novo, tinha sido desligado da expedição.

O caçula havia se envolvido amorosamente com uma indígena, de nome Pele de Reclusa, esposa do grande xamã da aldeia dos camaiurá. Em represália, os três irmãos Villas-Bôas foram expulsos de lá, e Pele de Reclusa, sentenciada a um estupro coletivo. Orlando, revoltado com o comportamento do irmão, excluiu-o dos projetos que chefiavam, bem como daqueles que viriam a chefiar no futuro.

Antes do presidente, Orlando Villas-Bôas foi recebido pelo ministro da Agricultura, que, ouvindo atentamente o pedido e as explicações, pareceu simpático à causa das terras indígenas.

Mandou que Orlando redigisse um documento com tudo o que tinha acabado de explicar. Que fizesse também um mapa das terras que pretendiam obter, com suas respectivas fronteiras. Que citasse os garimpos, os fazendeiros empossados e tudo o que era preciso ser retirado. Então, ele, ministro, se incumbiria de fazer chegar o documento às mãos do presidente. Ressaltou, no entanto, que Orlando deveria tirar a palavra indígena do nome do parque. No Brasil, ninguém gostava deles. Que o chamasse apenas de Parque Nacional do Xingu.

Assim fez Orlando. Voltou ao Xingu e, junto com Cláudio e os indígenas, delimitou em um mapa as terras que pretendiam obter. Os indígenas nunca haviam tido fronteiras, mas, agora, seria o melhor que conseguiriam obter.

Era o dia 14 de abril de 1961. Em todas as rádios do país, o programa *A voz do Brasil* anunciava:

> No intuito de preservar a fauna e a flora no nosso país, o presidente, recém-empossado, Jânio Quadros acaba de assinar o decreto de número 50.455, que autoriza a fundação do Parque Nacional do Xingu, com mais de 2 milhões de metros quadrados, que será administrado pelos irmãos Orlando e Cláudio Villas-Bôas.

Houve grande festa entre os indígenas do Xingu. Finalmente, os nativos teriam sua paz de volta.

Dali em diante, foi só trabalho. Com Orlando e Cláudio à frente, as terras foram demarcadas e um novo posto construído. As aldeias, escolhendo suas plagas, passaram a construir as choças, a retomar seus rituais, a ter uma terra, ainda que limitada, para si.

Os anos que se seguiram foram de trégua. Apesar da renúncia do presidente Jânio Quadros, meses após sua posse, branco nenhum, por um bom tempo, voltou a incomodar os indígenas. O parque, que se chamou originalmente Parque Nacional do Xingu, acabou recebendo o nome de seus verdadeiros donos: Parque Indígena do Xingu.

A base militar continuava no mesmo lugar, mas não se envolvia com o parque nem com os indígenas. Tudo seguiu em paz, até entrar o ano de 1967.

Após o almoço, enquanto voltavam para a casa das meninas, Luciano disse que queria ir ao cinema.

– Acho uma ótima ideia, Luc! Podia levar minha *hermanita* para assistir a um Godard. Grande diretor!

Luciano, porém, preferia Spielberg, e Janaína não se sentia nem um pouco cinéfila; preferia ficar em casa.

Jade pretendia sair para encontrar uns amigos, mas, com aquele tempo chuvoso, tinha perdido a vontade.

– Vou ler no quarto – disse Jade, soltando um beijo antes de se recolher.

Sempre bem-humorado, Luciano tentou melhorar o ânimo de Janaína.

– Olha, *amore*, esse negócio que a Môpea disse sobre seus antepassados pode bem ser, viu?

– Claro! Como também os seus podem ser polacos, finlandeses, ou até suecos, como o cara da palestra.

Luciano fez uma careta para ela.

– Não é porque eu sou preto que não posso ter um antepassado loiro, ué! Sabe-se lá o que minha família aprontou ao longo dos anos!

Janaína acabou rindo.

– Mas é isso. Sua família também pode ter aprontado todas. Inclusive com indígenas.

Aí, sim, foi que os dois caíram na risada, imaginando as miscigenações familiares.

Já era noite quando Luciano se despediu da namorada.

– Eu paro de respirar a cada beijo seu, sabia, *amore*? – Luciano piscou um olho e foi embora.

Janaína estava esticada no sofá, lendo um livro, quando a irmã apareceu na sala.

– Que livro é esse, *hermanita*?

– *Xingu, os índios, seus mitos*, dos irmãos Cláudio e Orlando Villas-Bôas. O Luc me emprestou.

Jade percebeu que a irmã estava com o humor melhor, mas ainda envolvida com o mesmo assunto. Jade havia pensado muito sobre como distraí-la. Desviá-la daqueles sonhos, daquela história toda. Janaína era assim, mergulhava de corpo e alma nas coisas.

– Escuta, Jana, eu andei pensando. Nosso quarto está precisando de uma renovada. Eu quero um lugar mais apropriado para quando trouxer trabalho para casa, e também para você estudar.

Janaína lançou um olhar enfadonho para a irmã. Por que ela havia inventado de reformar o quarto justo naquele momento?

Jade pareceu captar suas dúvidas.

– Já falei com a mamãe e o papai sobre isso enquanto estava no quarto, e eles aprovaram totalmente a ideia. Visualize, *hermanita*... – Jade desenhou no ar como o quarto ficaria. – Uma bela prancha de madeira, com duas cadeiras confortáveis. Umas prateleiras também de madeira, acompanhando a prancha...

E tanto Jade falou que a irmã se empolgou. No próximo sábado iriam a uma loja de bricolagem e artefatos para a casa.

– Não! Pensando bem, é melhor irmos a uma madeireira – disse Jade. – Levamos as medidas, mandamos cortar e trazemos as tábuas amarradas no *rack* do carro. Depois, compramos as cadeiras de computador.

»

Entre as aulas no colégio, os trabalhos, as postagens nas redes sociais, os *likes* nos *posts* dos amigos, os encontros com o namorado e as extensas conversas *on-line* com ele, a semana passou rapidamente. Era de novo sábado, e as irmãs, como haviam combinado, rumaram para a madeireira.

Janaína havia anotado todas as medidas do que queriam e, chegando lá, entregou-as a um vendedor. Junto com a irmã, observou o mostruário de madeiras, até que escolheram uma.

Madeiras cortadas, Jade pediu um desconto no preço. Afinal, tinham comprado várias e iriam pagar à vista. O vendedor levou as irmãs até a mesa do gerente. Só ele poderia autorizar o desconto. Simpático, o homem não só concordou com um abatimento como ofereceu-lhes um copo de água, para abrandar o calor daquele dia de verão.

Sentadas à mesa do gerente, Janaína viu uma pedra, que segurava uma pilha de papéis. Aproximando-se, observou que na pedra havia um desenho. Sua mão tremeu, ela derrubou a água. Seu coração disparou.

Jade percebeu.

– O que foi, Jana?

Ela apontou para a pedra. Jade também viu o desenho.

O gerente ficou interrogativo.

– Minha irmã coleciona pedras – Jade cortou o mal-estar.

– Ah! Se gostou desse peso de papel, pode levar. É um presente.

Janaína pegou a pedra. Um arroubo, um êxtase a envolveu.

– Essa pedra não tem valor nenhum. Encontrei no meio de um carregamento de madeira, vindo de Manaus. Achei bonita e deixei aí pra segurar papéis.

Despesas acertadas, madeiras colocadas no carro, as duas irmãs seguiram para casa. Janaína ia agarrada à pedra. Jade se preocupou. O fato de a pedra ter o desenho parecido não queria dizer que fosse a mesma do sonho da irmã. Segundo Jade, era praticamente impossível um sonho se materializar assim, em um lugar tão inusitado como uma madeireira. Inviável! Surreal!

Mas Janaína não ouvia mais nada. A pedra parecia igual à que vira no sonho. Da mesma cor. Tinha vindo de Manaus. O urucum era do Amazonas.

Durante todo o trajeto, da loja até sua casa, Janaína observou aquele objeto. Se a pedra pudesse ser aberta de alguma forma, não haveria dúvidas de que se tratava da pedra do amuleto.

10

Corria o ano de 1967. Tanto Toriaua havia insistido, que o cacique da aldeia panará se convencera. Juntou um grupo grande de indígenas – os mais valentes, os caçadores, hábeis no manejo do arco e flecha e das bordunas – e com eles partiu rumo à clareira dos homens brancos. Um longo caminho os esperava.

A intenção era de paz. Ou enfrentar a Pakyã' Akriti, se preciso fosse.

Às 6 h da manhã, o grupo dos panará foi chegando sorrateiro. O cacique, como chefe da aldeia, aproximou-se mais do que os outros.

Janelões de vidro protegiam a base militar das intempéries: do sol abrasador, dos ventos secos, que espalhavam, em lanços, a terra vermelha do lugar. Uma indígena, que trabalhava para as famílias dos militares da base, ao ver que um grupo de outros indígenas se aproximava, apressou-se em avisar os patrões.

O comandante do destacamento correu para a pista de pouso, avistando cerca de dez nativos. Mais distante, um outro grupo de aproximadamente mais cinquenta indígenas, aguardava. Voltando para a base, o comandante tratou de colocar de prontidão um pelotão de soldados armados.

Enquanto isso, o cacique panará aproximou-se ainda mais e, a certa distância da base militar, estacou.

Justamente nesse momento, chegava um avião da Força Aérea Brasileira, a FAB, para abastecimento. Mas, ao preparar-se para aterrissar, o radiotelegrafista da base comunicou ao piloto que havia indígenas na pista. O piloto, por sua vez, entendeu que a base estava sendo atacada.

O cacique ainda se mantinha em pé. Colocando arco e flechas no chão, cruzou os braços contra o peito. Esse era o sinal de paz entre os panará. No entanto, ele não sabia que aquele sinal nada significava para os brancos.

O avião da FAB, para assustar os nativos, investiu sobre eles com voos rasantes.

Os panará, apavorados, tentaram fugir, correndo para todos os lados, confirmando a suspeita do piloto de que a base estava sendo ferozmente atacada e cercada por indígenas. Houve tiros, rajadas de metralhadoras para o ar. Indígenas foram feridos, inclusive o cacique.

Toriaua e outros chegaram para auxiliá-los. Então, desnorteados, voltaram ao âmago da floresta, desaparecendo.

Os dias que se seguiram, na aldeia panará, foram dedicados a cuidar dos feridos.

Toriaua sabia agora que a profecia do pai se concretizara: quando a Pakyã' Akriti surgisse, a aldeia não teria mais sossego. E ela era enorme, fazia um barulho ensurdecedor. A falsa estrela cadente, o avião militar.

O filho de Yauapi não era pajé, mas sabia os segredos, as benzeduras. Primeiro, trataria seus irmãos feridos com a ayahuasca, o chá que curava. Depois, os ajudaria a levantar acampamento. Ali não podiam continuar. Os homens brancos eram ferozes e perigosos, não gostavam dos indígenas. Tinham um coração amargo e maldoso.

Se um dia saírem daqui, não vão para perto de Yauaretê, a cachoeira da Onça. Tinha dito o pajé Yauapi. Lá, há muito ouro, e ouro quer sangue.

Toriaua não sabia para onde o cacique levaria seu povo, mas tinha de ser para bem longe de Yauaretê.

Chegando ao edifício, Jade interfonou para a portaria, pedindo a colaboração de um dos funcionários para auxiliá-las a levar as pranchas de madeira até o apartamento. Também pediu a ajuda da irmã para desamarrar as madeiras do *rack*; mas então se deu conta de que ela já não estava mais ali.

Enquanto Jade ligava para a portaria, Janaína subira até o apartamento. Nem se lembrava mais da reforma do quarto. Apertando a pedra que ganhara, a menina tinha apenas um pensamento: descobrir alguma abertura nela.

Apressada, entrou em casa e foi direto para a cozinha. Sentou-se à mesa e tentou decifrar a pedra.

Nada. Nenhum indício de abertura.

Desalentada, pôs-se a alisá-la, parecendo despertar ao ouvir a voz da irmã.

– Pode colocar as madeiras aqui mesmo, na área de serviço, por favor.

Agradecendo ao funcionário, Jade entrou na cozinha.

– Que papelão, hein, dona Janaína! Me largou na garagem, feito besta, e eu fiquei lá, procurando por você.

Como sempre, Jade estava certa, concluiu a irmã, mas sem ânimo de dizer.

A outra percebeu.

– O que foi agora, Jana? Eu não disse para você não se empolgar tanto com essa pedra? Uma situação bizarra, convenhamos!

Diante do mutismo da irmã, Jade pediu para ver a pedra. Tinha mesmo muitas semelhanças com a que Janaína havia descrito para ela, e era da mesma cor. O desenho também era parecido. Mas não havia sinal de abertura.

Na tentativa de acalmar Janaína, Jade ponderou:

– Esta pedra veio do Amazonas, no meio de um carregamento de madeira, segundo o gerente da loja. A madeira foi retirada da floresta. Aliás, as madeireiras precisam sobreviver, mas, indiretamente, são agentes predadores, colaboram com o desmatamento. E, consequentemente, nós também.

– Aonde você quer chegar com essa história toda, Jade?

Era possível que a pedra estivesse enterrada nas imediações de uma das árvores cortadas e por isso viera junto, explicava a irmã.

Jade trabalhava com crimes, então estava acostumada a levar em consideração todas as evidências, a estudá-las milimetricamente. Aquela definitivamente não era a pedra do sonho da irmã. Jade estava certa disso. Porém, caso se tratasse daquela pedra, deveria haver alguma reentrância para que ela pudesse ser aberta. No entanto, ao ser misturada com lascas de árvore, terra e serragem, essa reentrância poderia ter desaparecido.

– Então precisamos lavar, é isso, mana?

– Exato, Jana!

Sem mais demora, as irmãs mergulharam a pedra em uma diluição de água sanitária e sabão em pó. Com uma escova, esfregaram bastante. Aos poucos, vários furinhos foram aparecendo.

Janaína banhou a pedra em água corrente, depois enxugou. Em seguida, colocou-a sobre um pano bem limpo.

Jade foi até o armário da cozinha e pegou uma faca miúda em uma das gavetas. Então tentou encaixar a ponta da faca em cada um dos furinhos, no intuito de abri-la, mas algo chamou sua atenção: o desenho havia desaparecido. Só uma nesga de tinta preta permanecia. Alguém, provavelmente uma criança, havia desenhado nela um risco com duas bolinhas.

Os olhos de Janaína marejaram.

Jade abraçou a irmã, buscando acalmá-la. Aquela não era a pedra do sonho e, mesmo que fosse, não poderiam ficar com ela. O correto seria entregá-la a algum órgão específico. Se houvesse mesmo uma pedra com um amuleto, seriam tesouros indígenas e, portanto, pertenceriam ao Estado.

Janaína ficou perplexa.

– Você definitivamente não acredita em mim nem nos meus sonhos, né, Jade? Tô chocada!

– Talvez porque você mesma, até agora, não saiba exatamente o que está acontecendo, Jana.

– Eu sei, sim, senhora! Tenho certeza absoluta de que meus sonhos trazem algo de verdadeiro, que preciso continuar procurando a pedra. E vou repetir mil vezes: quando achar, porque vou achar, de jeito nenhum que vou dar pro Iphan ou pro Estado, ou sei lá pra quem, a não ser pros indígenas! Eles são os verdadeiros donos daquele tesouro, entendeu, doutora Jade Velásquez?

– Calma, Jana! Se exaltar só atrapalha – a irmã viu a outra fora de controle.

Mas Janaína não ouvia mais nada, a não ser sua ânsia de encontrar o amuleto.

Descontrolada, pegou um martelo e espatifou a pedra. Nada mais do que cacos se espalharam pelo chão.

– Chega, Jana! Ficou louca?

Jade, sempre tão cordata com a irmã, também se exaltou.

– Estamos andando em círculos com toda essa saga, como um cachorro que corre atrás do próprio rabo. Até agora, não temos nada de concreto.

– Como não? – Janaína sentiu o choro travar sua garganta – E meus sonhos, as palavras do velho indígena?

– Palavras ininteligíveis, Jana, sem o menor sentido!

– Na sua opinião, que, pra mim, já não vale mais nada – as lágrimas brotavam.

Mas Jade permaneceu impassível.

– Você está passando dos limites, Jana! Faltando às aulas... Precisa voltar à sua vida normal, garota!

– Não sou mais uma garota! Sei exatamente o que faço e o que sinto – disse Janaína, num esforço sobre-humano de trazer de volta a cumplicidade da irmã.

Exacerbada, Janaína lembrou a irmã de que o sinal havia sido dado também para ela, quando comprara o broche com o mesmo desenho da pedra.

– Aquilo não foi sinal nenhum, Jana! Será possível? Eu só vi o broche e, como você já estava tão envolvida com essa loucura toda, resolvi comprar.

Janaína, ao ouvir da irmã a palavra "loucura", desatinou. O que estaria acontecendo com ela?

O silêncio se instalou entre as duas. Até que Jade o quebrou.

– Jana, não quero esse clima de tensão entre nós. Vamos fotografar o desenho da pedra, aquele que você fez, e mandar para a esposa do meu colega, que trabalha no Iphan.

Janaína não estava em condições de resolver nada naquele momento. Apenas fez um sinal de positivo para a irmã, querendo dizer que ela fizesse o que bem entendesse. Pegou o desenho e deixou Jade fotografá-lo. Em seguida, viu a irmã enviá-lo à tal pessoa do Iphan.

Como se carregasse um elefante nos ombros, tamanha sua tensão, Janaína achou melhor fazer algo para relaxar. Então, largou-se no sofá e ligou a televisão. Enquanto zapeava os canais, deparou com um noticiário: a Europa continuava sua saga de combate ao novo coronavírus.

– Jade...

– Diga, Jana!

– Você viu que tem um tal de novo coronavírus na Europa?

– Vi. Esperemos que não se propague. Em vez de assistir a algo pra se acalmar, vai ver noticiário sobre o vírus.

– E se ele chegar ao Brasil?

– Paciência! Vou tomar banho.

Janaína, por vezes, achava que existiam duas Jades: uma com luz no olhar, outra com trevas no peito. Sua forma de ver as coisas era sempre realista, ao contrário dos próprios arroubos. Fundiam-se, no entanto, pelo amor fraterno.

11

Após a renúncia do presidente Jânio Quadros, o vice, João Goulart havia assumido o governo federal. Foi uma fase difícil para o país, quando a elite política brasileira não o queria como presidente.

Instalou-se no Brasil o governo parlamentarista, em que um primeiro-ministro, eleito pelos parlamentares, detinha de fato o poder, tolhendo a possibilidade de ação do presidente. Esse regime, porém, durou pouco, e um ano e quatro meses depois o Brasil retomou ao regime presidencial.

Nessa fase, o presidente João Goulart propôs uma reforma agrária, que visava desapropriar terras de mais de quinhentos hectares que estivessem inoperantes. Essas terras seriam distribuídas aos camponeses sem terra e aos indígenas.

Essa proposta, juntando-se a outras movimentações políticas existentes, que desagradavam imensamente aos militares, foi a gota d'água para a destituição do presidente João Goulart.

Logo após, em 1964, foi instaurada uma ditadura militar, que durou 21 anos.

Corria o ano de 1968 quando o presidente militar vigente Emílio Garrastazu Médici, por meio do presidente da Fundação Nacional do Índio (Funai), órgão oficial que coordenava as políticas de proteção aos indígenas no Brasil, convocou uma reunião com Orlando e Cláudio Villas-Bôas. O intuito era que os irmãos retomassem a busca pelos indígenas crenacore, os panará.

A explicação dada foi que o presidente Médici havia decidido expandir as vias de acesso entre regiões inóspitas do Brasil, a começar pela Amazônia. A Transamazônica seria a primeira obra desse projeto e cruzaria a floresta de leste a oeste, numa extensão de aproximadamente 5 mil quilômetros. Em seguida, viria a Cuiabá-Santarém, que rasgaria as terras onde se supunha estarem vivendo agora os indígenas crenacore.

Os irmãos Villas-Bôas, ao chegarem a Brasília, tentaram interceder pela paz daqueles indígenas, até então tidos como selvagens. Mas os irmãos não tiveram sucesso.

Voltando ao Xingu, começaram a estudar as estratégias que deveriam adotar, os mapas da região, os caminhos novos que teriam de abrir no cerne da floresta, os materiais que precisariam levar na jornada.

Os Villas-Bôas sabiam que a aproximação não seria fácil. Os crenacore, amedrontados pelo encontro com os brancos em 1967, continuavam a fugir do contato.

Para complicar ainda mais sua situação, em 1970 uma grande invasão de garimpeiros e fazendeiros acentuou sobremaneira o pavor dos indígenas, que se recolheram ainda mais. Os anciões crenacore diziam que os brancos eram selvagens bravos, que vinham para matar todo mundo. Os jovens tinham outra opinião. Acreditavam que os brancos já haviam deixado presentes para eles: miçangas, facões. E, se davam presentes, não deviam ser bravos.

O fato que Orlando e Cláudio Villas-Bôas ignoravam era que aquele primeiro contato com os míticos indígenas crenacore, os gigantes do norte, os panará, seria sua mais árdua tarefa desde os primórdios de sua chegada ao Xingu. E levaria muitos anos para ser realizada.

O fim de semana se arrastou para Janaína e Jade. O clima afetuoso e descontraído, que sempre existira entre as duas, já não se mostrava.

– Que tédioooooo! – explodiu Janaína, no final do domingo.

– Cadê o Luc, que não apareceu, Jana?

– Foi pescar com o pai e uns amigos. Mas, mesmo que ele estivesse aqui, não seria solução para esse tempo patético que estamos perdendo – reclamou Janaína ao levantar do sofá. – Diga se não foi patético nós duas enfurnadas em casa, um fim de semana inteirinho, olhando pro celular.

Jade riu, o que deixou a irmã ainda mais irritada.

– Não vejo graça nenhuma!

– Jana, você achava mesmo que a esposa do meu amigo ia dar uma resposta sobre o desenho da pedra em pleno fim de semana? A pesquisa que ela, por gentileza, talvez faça sobre a foto que mandamos deve estar nos anais do Iphan. Dá um tempo, garota! O mundo não gira ao seu redor – afirmou Jade começando, também ela, a se irritar. – Devia se dar por feliz por eu ainda estar tentando ajudá-la, depois daquele espalhafato que você aprontou, ontem, espatifando a pedra.

Janaína fechou o cenho.

– Tô arrepiada de medo de você!

Recompondo-se, Jade explicou à irmã que no dia seguinte ela iria encontrar o colega de trabalho no escritório. Quem sabe ele comentasse alguma coisa.

O sol de verão entrou pela persiana do quarto das duas irmãs naquela segunda-feira.

"Pelo menos isto: tempo bom!", pensou Janaína ao pular da cama. Jade, da cozinha, gritou para a irmã que o café estava pronto. Depois de tomarem rapidamente o desjejum, cada uma foi para o seu lado.

No intervalo das aulas, a turma de Janaína se reuniu no pátio do colégio.

– Vocês ouviram falar do vírus que apareceu na China e, agora, circula pela Europa? – indagou um colega.

– Meu pai tá bem preocupado – disse uma outra colega. – Se o vírus chegar aqui no Brasil, vai ser uma barra pro negócio dele. Ele tem uma agência de turismo. Daí eu pergunto: quem vai querer viajar com um vírus rondando e matando gente, por aí?

O sinal para o reinício das aulas tocou. Pensativa, Janaína voltou para a classe. Imaginou o que aconteceria se um vírus daquele atacasse aldeias indígenas. O que seria deles? Há tempos, ela tinha lido sobre a falta de anticorpos dos nativos. Sobre os problemas de saúde pelos quais eles haviam passado desde a aproximação com os brancos.

Seu pensamento saiu do vírus e voltou para a pedra do amuleto. Jade não havia se comunicado. Que aflição dava tudo aquilo! Aquela expectativa.

Ao término das aulas, uma surpresa: Luciano a esperava no portão do colégio. Risonho e animado, como sempre, ele beijou a namorada.

– Ô, saudade dolorosa do meu *amore*!

Janaína também estava saudosa. Retribuindo o beijo, abraçou Luciano e, juntos, seguiram assim para o carro dele.

– Que bom que voltou, Luc!

– Aleluia, três vezes aleluia! É tão difícil arrancar uma recepção empolgada de você.

Janaína sorriu. O namorado tinha razão. Ela era sempre tão arisca com ele. Mas não naquele dia.

Agradando-o, ela contou tudo o que ocorrera no fim de semana: a ida à madeireira, o encontro insólito da pedra, que ela pensara ser a do amuleto. Falou sobre ter se desentendido com a irmã e ter espatifado a pedra, de tanta ansiedade.

– Tá de brincadeira comigo, *amore*! – Luciano se divertiu ao saber que o desenho da pedra havia sumido ao contato com a água.

Mas como a namorada havia acreditado que uma pedra tão dura como aquela, pelo que ela contara, poderia ser aberta com uma faquinha?

– Você e sua irmã, de vez em quando, piram! – disse ele, e voltou a dar risada.

Janaína pediu ao namorado que parasse o carro. Preferia voltar para casa de ônibus. Pelo menos não precisaria ver ninguém rindo dela.

Luciano teve pena. Jade estava certa quando definia a irmã como pessoa de grandes paixões. Por qualquer coisa, ela rodava nos calcanhares. Enfim, procurou palavras para convencê-la a ter mais paciência. Por que uma pedra, que parecia ter tanta importância, estaria em uma madeireira, tão longe do seu lugar de origem? Ela deveria ter desconfiado que a pedra encontrada não era a verdadeira.

A menina chegava à conclusão de que a empolgação que o namorado tivera com relação àquela história toda do indígena se arrefecera.

Ao chegarem à porta do edifício de Janaína, Luciano nem desceu do carro. Estavam formando um grupo de estudos, na faculdade, e ele precisava voltar para lá, na parte da tarde. Despediram-se.

Dentro do elevador, Janaína ouviu o toque da chegada de um recado no celular. Era de Jade, pedindo à irmã que desse uma olhada no e-mail que ela havia encaminhado. Era a resposta da antropóloga, com o parecer sobre a foto enviada.

Entrando em casa, Janaína pegou o *tablet* e checou seus e-mails. Uma onda de orgulho perpassou seus pensamentos. Um tesouro. E era a ela que o velho indígena havia confiado a informação.

Feliz, mergulhou na leitura do e-mail.

12

Foram necessários mais cinco anos para que os irmãos Villas-Bôas conseguissem, enfim, se aproximar dos supostamente terríveis indígenas crenacore. Eles estavam sempre em fuga, desmontando e montando novas aldeias.

Até aquele mês de fevereiro de 1973, os crenacore eram tão arredios que nem nome definido tinham. Eram chamados de "gigantes do norte", "krenacore", "krenhacore" ou "kenacarore", variações da grafia do nome caiapó *kran iacarare*, que significa "cabeça cortada redonda", uma referência ao corte tradicional de cabelo que os identificava.

Não foi nada fácil para os Villas-Bôas chegarem até eles. Os crenacore tinham uma prática fantástica de fazer armadilhas. Costumavam pegar pedaços de buriti, uma massa com textura semelhante à da rolha, dentro dos quais punham espinhos enormes. Depois, cobriam com folhas. Em uma das tentativas de aproximação, um indígena da expedição, sem perceber, pisou numa armadilha daquelas, e o espinho atravessou seu pé.

Ainda assim, apesar de todas as dificuldades, era mister que a expedição encontrasse aquele povo.

Cláudio Villas-Bôas e seus companheiros atravessaram o rio Peixoto de Azevedo. Ao atingirem a outra margem, Cláudio desceu da canoa, tirou as botinas e, com uma faca na palma da mão estendida, tentou conversar com um grupo de indígenas que surgiu de trás das árvores. Corpos pintados de preto, gesticulando, apontavam para a faca e para um varal de presentes, deixados pelos sertanistas. Ela devia ser pendurada ali também.

Uma vez que os crenacore não compreendiam nenhum dos dialetos indígenas conhecidos pelos integrantes da excursão, Cláudio se valeu da mímica para pedir aos interlocutores que pegassem a faca de sua mão. Queria estar mais próximo deles.

Visivelmente interessados no objeto reluzente, mas ainda acompanhados de um resquício de temor, os indígenas sinalizaram para que Cláudio depositasse a faca em um toco de árvore.

E assim fez ele. Porém, quando um dos indígenas se aproximou para pegar o objeto, Cláudio também se achegou. Um bulício se formou entre os nativos. Um deles chegou a apontar a flecha armada em seu arco para o sertanista.

Cláudio, então, afastou-se. Sentou-se no chão e começou a esfregar um dos pés, como se o tivesse machucado. Ao aparente sofrimento do branco, o chefe panará ordenou que seu irmão baixasse o arco.

Cláudio continuou sua simulação de sofrimento.

Os indígenas, aos poucos, foram se aproximando, olhando atentamente para o pé dele. E não demorou muito tempo até que aquele grupo todo, de vinte e poucos indígenas, chegasse perto de Cláudio. Apalpavam o pé dele e se irmanavam em sua dor.

O sertanista tentou levantar, fingindo dificuldade. O cacique e outro indígena apressaram-se em ajudá-lo, resmungando em seu dialeto incógnito e mostrando expressão compungida.

De pé, Cláudio estendeu a mão para o chefe do grupo crenacore, que, sem mais temor, aceitou o cumprimento. E, não se contendo, embargado por aquele momento tão esperado, Cláudio Villas-Bôas abraçou o indígena, sendo também abraçado demoradamente.

Estava feito o contato. Estava descoberta a etnia daqueles lendários indígenas de cabeça cortada redonda: os panará.

DE: Flora (Iphan)

PARA: jadepvelasquez@lumiadv.com.br

ASSUNTO: Pedra do amuleto

“Era noite de lua cheia. Na tribo indígena havia um rebuliço entre as jovens. Elas conheciam a força dos muiraquitãs, as pedras verdes que davam poder aos guerreiros.

Elas sabiam que em toda noite de lua cheia a Iara surgia do fundo das águas do rio Amazonas, numa renda de espumas, trazendo nas mãos as almejadas pedras verdes.

Abandonando a aldeia, as indígenas penetraram na floresta.

As águas escuras do Amazonas, como um espelho negro, refletiam a Lua branca.

Escondidas entre as folhas grandes e os troncos rugosos, elas aguardaram, silenciosas, a aparição da Rainha das Águas.

A Lua chegou no meio do firmamento. Um silêncio profundo pairou no ar. De repente, um murmúrio de águas se fez ouvir.

A Iara surgiu. Olhou a Lua e sorriu. Era o encontro entre a Rainha das Águas e a Rainha do Firmamento.

Levantando as mãos para o céu, a Iara parecia fazer uma prece. Num movimento rápido, lançou as pedras no espaço e mergulhou sob a chuva de muiraquitãs, em forma de sapo.

Era esse o momento esperado. As indígenas mergulharam nas águas e espalharam no leito de areias brancas as prendas cobiçadas. A luz da Lua, refletindo-se nas pedras, tornava-as visíveis.

Regressaram felizes, levando as pedras que lhes dariam poder.”

Cara Jade,

Comecei o e-mail com essa história, para que conheça um pouco mais sobre um provável talismã, que deve estar dentro da pedra da foto que me mandou.

Os muiraquitãs remontam à época das Amazonas, indígenas guerreiras.

Com o passar do tempo, seus poderes foram transferidos para os pajés das aldeias, conferindo-lhes outras habilidades especiais além daquelas associadas à guerra, como a de se comunicarem com os espíritos dos rios e das florestas.

Infelizmente, sabe-se que, hoje, quando os indígenas praticamente perderam suas terras e embotaram suas tradições, não se tem notícia de que algum pajé ainda possua esse valioso talismã. Dizem que o último pajé a usá-lo foi Yauapi, da etnia panará, por volta dos anos 1940. Após sua morte, ninguém mais soube do paradeiro da pedra com o amuleto.

Espero ter ajudado, mas fico à sua disposição para quaisquer outras informações.

Abraços,

Flora

Janaína vibrou de emoção. Ninguém mais acreditava nela, mas os sonhos e os desenhos da flor do urucum tinham sido mesmo um aviso. A pedra existia e guardava dentro dela um muiraquitã. E havia pertencido a um pajé do povo panará. Mais do que nunca, urgia continuar sua busca.

Naquele momento de euforia, a nova informação só havia reforçado sua intenção.

Os indígenas já haviam sido apartados de tantas coisas! Ela, porém, lutaria, com todas as forças de que dispunha para encontrar aquele tesouro indígena e entregá-lo a quem pertencesse.

À tarde, Janaína tentou concentrar sua atenção nos estudos. Era a terceira série do Ensino Médio que se iniciava. Ela estava a um passo da faculdade.

Então seu celular tocou.

– Mamis?! – espantou-se a garota ao ver o rosto da mãe no visor do aparelho.

Lucélia tinha ligado porque havia sonhado com Janaína, que a filha estava em apuros.

– Por aqui tá tudo bem, mamis. Não se preocupe. A Jade tá no trabalho, e eu, estudando.

Lucélia e Marco Aurélio estavam preocupados. Acompanhavam as notícias sobre o novo coronavírus. Mas Janaína conseguiu sossegá-los. Ela e a irmã também acompanhavam as notícias. Que os pais aproveitassem os dias de sossego. Em breve, estariam juntos.

Desligando o celular, Janaína voltou a imergir nos livros. Achava que ainda ia morrer de tanto estudar. E faltavam tantos anos para alcançar seu objetivo profissional!

Com o pensamento indo e vindo entre o amuleto e as matérias da escola, Janaína não viu passar o tempo. Até que ouviu a voz da irmã.

– Oi, Jana, cheguei!

Esquecendo, temporariamente, as desavenças, Janaína abraçou Jade, como para comemorar o e-mail da antropóloga.

– Eu tô chocada, Jana!

– E eu já aviso que vou encontrar a verdadeira pedra. E, quando isso acontecer, não entrego pra ninguém, a não ser para os indígenas, viu? Não entrego pro tal de Iphan ou outro órgão, nem a pau, que a vaca tussa, que a porca torça o rabo, que...

– Jana! Jana! Para com isso! A gente nem encontrou a pedra verdadeira. Mas, depois de ler o e-mail da Flora, caso a gente encontre, não poderemos, em hipótese alguma, ficar com ela!

Os olhos de jabuticaba de Janaína chisparam. Sempre tivera a conivência da irmã. Onde estava ela, agora?

– Precisamos descobrir o que significam aquelas palavras que o velho indígena disse no seu sonho, Jana. Agora, sabemos que o último pajé a ter a pedra foi da aldeia panará. Quem sabe a frase tenha sido dita na língua dessa etnia.

– E pra que descobrir? Pra gente acabar encontrando a pedra e você entregá-la pro Estado, Jade? Tô fora! Não vou comentar mais nada com você! Já sei o que vou fazer, e farei sozinha!

Jade olhou desconfiada para a irmã. A caçula era intempestiva. O que estaria imaginando fazer?

Uma ideia mirabolante havia passado pela cabeça de Janaína. Tudo levava a ela. O e-mail da antropóloga, o amuleto que deveria estar dentro da verdadeira pedra, o muiraquitã. A semente da flor do urucum, os dizeres do velho indígena, que poderiam ser do povo panará.

– Jana! – A irmã chamou. – Não vá se meter em encrencas!

– Já me meti, quando contei meu sonho pra você.

13

Depois da experiência com os brancos, na base militar, quando o avião da FAB os havia assustado com voos rasantes, os indígenas panará não tiveram mais abrigo definitivo. Perambularam, como nômades, pelas plagas amazônicas, buscando um lugar onde pudessem voltar a viver em paz.

Nas peregrinações da aldeia, quando percebiam Pakyã' Akriti rodeando entre as nuvens, Toriaua sempre lembrava ao cacique de que não deveriam chegar perto de Yauaretê.

Assim se seguiram os anos da aldeia panará. Perseguição e medo eram seus companheiros, até aquela manhã de 1973.

Toriaua levantou junto com o sol e foi encontrar os irmãos e o cacique no centro da aldeia, onde iniciariam o ritual da manhã, dando boas-vindas àquele novo dia. Assim, estavam reflexivos quando ouviram um farfalhar de folhas vindo das proximidades do rio. Interrompendo o ritual, o cacique, alerta, pediu silêncio.

Ao barulho das folhas somou-se um rumorejo de vozes.

O cacique, então, reuniu perto de vinte indígenas armados de arco e flecha e, tomando a dianteira, embrenhou-se na picada que os levaria ao rio.

Uma canoa trazendo homens brancos fundeara na margem. Amedrontados, os indígenas, escondidos atrás das árvores, viram os brancos se aproximarem, pendurando um varal com coisas luzentes e coloridas, como espelhos, facas, bonés e colares de miçanga.

Ao regressarem para a aldeia, Toriaua e o grupo de indígenas que tinha acompanhado o cacique foram cercados pelos demais panará, que, entre curiosos e amedrontados, queriam saber quem eram aqueles estranhos que eles traziam para a aldeia. Então Toriaua logo se pôs a contar:

De repente, um dos homens brancos – magrinho, com as roupas sujas de terra vermelha e descalço – veio segurando uma faca e pedindo que a gente fosse pegar.

Ninguém se mexeu.

O cacique gritou:

– Interi! *Pare!*

Mas o homem branco foi chegando mais perto. Nervoso, o cacique gritou mais alto:

– Pikja Pên! *Para trás!*

Um de nós armou o arco e flecha. O branco parou e pôs a faca num toco, dando um passo pra trás. Então sentou-se no chão e segurou o pé. Seu rosto mostrou muita dor. Os panará não sabiam se ele tinha pisado na armadilha de buriti. Mas o branco gemia de dor.

O cacique deu a ordem:

– Ho wankja kuy issê! *Abaixe o arco!*

O homem continuava gemendo. Então, o cacique disse:

– Pyrên mî kõ wajãrî! *Vamos ajudar!*

Não tinha espinho no pé dele. Dei meu ombro de um lado e, do outro, o cacique deu o dele. Ajudamos o branco a levantar. Ele ficou feliz. Estendeu sua mão magra para o cacique apertar. Então se abraçaram.

Eu também o abracei. Todo mundo abraçou.

Ao concluir sua narração, Toriaua apontava para o branco a seu lado, Cláudio Villas-Bôas, e para seus companheiros de expedição.

Aquele foi um dia memorável! De vitória para o sertanista, de júbilo para os panará. Os irmãos Villas-Bôas tinham sido os únicos brancos a se aproximarem daquela aldeia. E, por terem sido tão bons com eles, os crenacore concluíram que não precisavam mais ter medo do homem branco. Poderiam viver em paz, na sua terra, dali em diante.

O cacique mandou servir purê de mandioca, milho assado, amendoim e banana. E, de um jeito e de outro, com sinais e murmúrios, os panará foram interagindo com aquela gente diferente.

Quando a Lua surgiu no céu, Cláudio Villas-Bôas e seus companheiros já haviam partido. Tudo era paz.

Toriaua recolheu-se entre as árvores, seu lugar preferido, e elevou seu pensamento ao pai, o pajé Yauapi. Certamente, ele sabia do que se passara na aldeia. Os mortos sabem de tudo, como Toriaua sempre ouvira o pai dizer. E o velho devia estar feliz. Afinal, a falsa estrela cadente não era sinal de guerra, e os brancos eram de paz.

Toriaua só tinha visto preocupação no rosto do pai quando ele se lembrava de que, um dia, quando Pakyã' Akriti viesse, os panará não teriam mais sossego.

Yauapi se enganara. Agora, Toriaua sabia que os brancos eram bons.

Marco Aurélio sempre dizia que a felicidade facilitava todas as outras coisas da vida. E Janaína pensava onde havia se escondido a felicidade dela. Não recebera mais nenhum sinal do indígena, não sabia o significado do que ele dissera e, o pior de tudo, não tinha mais o apoio nem o companheirismo da irmã.

Ao chegar em casa, após as aulas, refestelou-se no sofá e ligou a televisão. Não tinha fome e precisava relaxar.

Zapeando os canais, deparou com um documentário sobre a Amazônia.

O ser humano sempre foi um exterminador de espécies. Na Amazônia, exterminamos o tigre-dentes-de-sabre, as preguiças-gigantes e tatus do tamanho de um carro. Mas, no século XX, a Amazônia testemunhou o maior extermínio de todos. Nos últimos quarenta e cinco anos, desmatamos quase 20% da floresta.

Madeireiros ilegais continuam solapando as matas, enviando cargas imensas de madeira para a região Sudeste. Caminhões repletos de toras trafegam pelas estradas brasileiras, distribuindo sua carga ilegal. Jacarandás, andirobas, maçarandubas e até os gigantes e centenários angelins-vermelhos fazem parte dessas cargas.

Porém, mais do que a madeira, está em jogo a posse da terra.

Em Rondônia, as obras de construção de duas usinas hidrelétricas revolveram as águas do rio Madeira, o maior afluente do rio Amazonas.

Janaína parecia sentir na pele aquelas revelações. E o documentário terminava com outras informações:

A Amazônia, que concentra a maior pluralidade de espécies de animais e plantas do planeta, abriga também uma grande diversidade de etnias e culturas: povos indígenas, caboclos, seringueiros, ribeirinhos, quilombolas, bem como gaúchos, capixabas, mineiros e nordestinos. E não haverá futuro para nenhum deles se a Amazônia for destruída.

"Não! Em hipótese nenhuma aquilo poderia acontecer!", pensou Janaína. Ela sabia que uma pessoa só não poderia mudar aquele processo, mas queria fazer sua parte pelos mais desamparados, menos favorecidos. Aqueles que eram desrespeitados.

A ideia que, desde o desatino da pedra falsa, lhe ocupava o pensamento se transformava, agora, em decisão. Tinha de ir para o Amazonas. Correr atrás de informações, descobrir onde viviam os panará, buscar respostas onde quer que elas estivessem. Descobrir o que o velho indígena de seu sonho queria lhe dizer.

O ano escolar tinha acabado de começar; ela não perderia muita matéria. Urgia que fosse.

Janaína tentou juntar as ideias, fazer um cronograma das prioridades. Precisava, inicialmente, da autorização dos pais. Para isso, teria de contar a eles toda a história que, até então, eles desconheciam por completo. Decerto, eles seriam contra. Perder aula? Viajar sozinha? Visitar aldeias? E, pior ainda: tudo isso para ir atrás de algo que ela nem sabia o que era ao certo ou se existia de verdade. Um perigo! Uma loucura adolescente!

Janaína também queria conversar com os pais sobre a hipótese de terem ascendentes indígenas. Apesar de nunca terem comentado, quem melhor que eles para saber disso?

A agência de turismo do pai de sua colega preparava pacotes de viagem para o Amazonas; disso ela sabia. Era uma empresa idônea, de gente conhecida. E Janaína esperava que a viagem fosse breve. Até porque seria bem custosa.

À medida que a menina ia esmiuçando os detalhes do plano em sua mente, um torpor foi envolvendo seu corpo e as pálpebras começaram a lhe pesar, sem que ela se desse conta.

Acordou com a mão de Jade em seu rosto.

– Jana, tudo bem? Você tá suando.

Eram quase 17 h.

14

Antes do contato com a expedição dos Villas-Bôas, havia entre 500 e 600 indígenas panará, divididos em dez aldeias. Quando foram transferidos para o Parque Indígena do Xingu, em 1975, eram apenas 79.

A aproximação de 1973 tivera uma única intenção: juntar os panará às outras aldeias, dentro do Parque Indígena do Xingu. Daquela vez, não tinham como evitar: seria construída a estrada Cuiabá-Santarém, que ligaria justamente as terras onde eles estavam vivendo, no Mato Grosso, ao Xingu.

Antes de sua retirada para o parque, contudo, os panará, de início arredios, foram se adaptando e até gostando dos trabalhos na construção da estrada. Incapazes de associar as doenças que começaram a surgir entre eles à presença dos brancos, instalaram uma pequena aldeia a apenas quatro quilômetros da estrada. Uma rodovia sem asfalto, somente de terra batida, que encharcava a cada tempestade.

Vinha um branco e dava uma camisa velha; outro, um pedaço de rapadura, ou um facão, ou um canivete, ou uma lanterna... Os panará, acompanhando as mortes que a cada dia se intensificavam, passaram a acreditar que elas resultavam de feitiçaria interna. Sendo assim, às gripes, pneumonias e diarreias somavam-se ainda os homicídios. Os indígenas matavam uns aos outros por acharem que eram responsáveis pela tragédia.

Os irmãos Villas-Bôas, por sua vez, começavam a se preocupar com a possibilidade de os indígenas, além das doenças e mortes, terem de lidar também com uma iminente invasão garimpeira.

O Exército tinha sempre um discurso pronto: “Estamos protegendo os indígenas, alimentando-os”. Faziam isso, mas de forma errada; distribuíam cachaça à vontade e muito açúcar, coisas que os panará não conheciam.

O Estatuto do Índio estabelecia que qualquer remoção desses grupos de seu hábitat para outra área deveria ser feita mediante ato do presidente da República. Para isso, os irmãos Villas-Bôas precisariam fazer uma solicitação ao ministro, que a estudaria e, se fosse o caso, a levaria ao presidente. Este, então, teria que baixar um decreto de transferência.

Aquele, porém, era um caso de emergência, e não havia tempo hábil para tanta burocracia. A aldeia panará se extinguia a passos céleres e, naquele momento, ninguém dava importância ao Estatuto do Índio. A estrada continuava passando, misturando indígena com máquina, abandonando os mortos.

Os Villas-Bôas decidiram fazer a transferência dos panará à revelia do Estado brasileiro.

"Quando morreu minha mãe, vi que as mortes vinham de doença mesmo, não de feitiçaria", contava Toriaua, muito tempo depois, quando já entendia a língua dos forasteiros. Quem o escutava e anotava tudo era um jornalista que, no afã de um furo de reportagem, o convenceu a relatar sua versão da história. Toriaua prosseguia:

> *Muita gente foi para o mato. Um pra lá, outro pra cá. Uns se jogaram para morrer no rio. Criança, gente grande, todos morrendo. Era a* tuk pirê há*; o tempo de morrer. O povo que morria apodrecia no chão. Os urubus comiam. Aí, chegou avião, de novo. O Cláudio vinha, lá de cima, chamando pra gente sair daquele lugar. Então, eu pensei assim: não fomos nós que pedimos pro forasteiro entrar aqui. A gente não precisava de faca nem de nada. Tirava tudo da floresta.*
>
> *Mas chegaram dois aviões bem grandes. Os forasteiros perguntaram quem queria ir primeiro passear na Pakyã' Akriti. Muitos irmãos nossos ficaram alegres. Nunca tinham ido voar. Os dois aviões se encheram deles. Tinha mais mulher que homem. Muita criança.*
>
> *Eu não quis ir. Não sei por quê, mas o coração apertou.*
>
> *No dia, seguinte, chegaram mais dois aviões. Estavam vazios, para encherem de mais indígenas. Quando o Cláudio viu chegar os aviões, veio falar comigo. Eu precisava ir. Não restava mais nenhum panará ali. Chovia muito naquele dia. Não levei nada. Ninguém levou nada. Deixamos tudo pra trás. Deixamos a roça de amendoim quando já tava perto da colheita.*
>
> *Entrei no avião e tapei a cara com a mão. Fiquei com medo de olhar pra baixo. Chorei de medo. O Cláudio me deu um abraço, disse que*

eu não podia ficar sozinho na aldeia. Olhei da janela do avião, e vi a floresta, lá do alto. Vi a roça de amendoim.
Entendi que aquilo não era um passeio e que a gente não ia voltar mais. Daí pensei nas meninas pequenas da aldeia, que os caminhoneiros da nova estrada namoravam, faziam mal. Pensei nelas.
O Cláudio disse que no lugar novo não ia ter mais doença, nem morte, nem caminhoneiro malvado. Então, parei de chorar. Meu pai, Yauapi, de onde estivesse, protegeria nosso povo, e o amuleto, um dia, apareceria. Eu tinha certeza disso.

Jade notou preocupação no rosto da irmã.

– Não vai me dizer que tá pensando no vírus de novo, Jana!

Janaína se espreguiçou. Sentou-se no sofá e encarou a irmã. Não era o vírus que a preocupava, naquele momento, e sim seu projeto de viagem.

Deixando a pasta em cima da mesa, Jade sentou-se ao lado da irmã.

– Eu vou pro Amazonas. Mais precisamente, pro Xingu.

Jade levantou o sobrecenho. Mas não de espanto. Aquilo de tomar decisões inflamadas era bem da irmã.

– Vai para o Xingu?

– Sim.

– Fazer o quê, Jana?

– Procurar o indígena. Ou alguém que traduza as palavras dele. Fazer alguma coisa. O que não posso mais é ficar aqui, imaginado coisas, fazendo pesquisinhas na internet. Sabe o que eu li ontem à noite, na internet?

– Não faço ideia.

– Li que, na Amazônia tem tudo de ruim pra atrapalhar a vida dos indígenas. Os madeireiros, por exemplo. Lembra que o cara da madeireira disse que...

– Sim, lembro, Jana. Continue!

A madeira era cortada da floresta, aleatoriamente. As serras elétricas, iam e vinham cantando num compasso ritmado, incumbindo-se de pôr as árvores abaixo, que, depois, eram colocadas em caminhões, para os madeireiros venderem o que não era deles.

Os indígenas lutavam para que esse processo de cortar as árvores terminasse, pois elas eram o seu sustento. Pensavam em denunciar, pedir para alguém colocar nas redes sociais; mas não sabiam como fazer isso, por terem medo das represálias.

Sem interromper, Jade ouvia a irmã.

Tinha também os grileiros. Na verdade, o corte ilegal da madeira era o primeiro passo para a grilagem. Primeiro, tomava-se posse da terra devastada pelo corte das árvores. Então, enchiam o lugar de bois e legitimavam a posse. Mas o intuito deles não era criar gado. Largavam a boiada lá, por cinco anos, depois vendiam as terras que, por direito, eram dos indígenas.

– Sabe que nenhum partido político vai apoiar um indígena para se eleger a um cargo, pois o indígena não tem bois, nem serraria, nem empresa de mineração ou subsidiárias. E, muito menos, são representantes de agronegócios – Jade afirmou.

Janaína ficou empolgada com o aparte da irmã. Será que estavam falando a mesma língua, de novo?

– Isso tudo sem falar nos garimpeiros, né, mana? Chegam aos montes, se instalam nas terras indígenas e acabam com elas. Li que, desde 2018 até aqui, o garimpo cresceu demais na Amazônia.

Jade deu um longo suspiro.

– Jana, tudo isso que você leu realmente é insensato, kafkiano mesmo. Entretanto...

– E você ainda acha que cabe um "entretanto" diante de tudo isso, Jade?

– Uma vez que não estou encontrando nenhum nexo entre esses acontecimentos e o fato de você ir para o Xingu, acho que cabem, sim, vários "entretantos".

O sangue de Janaína ferveu novamente. Tudo estava tão claro para ela! De que outro nexo a irmã precisava? Um silêncio se interpôs entre elas.

Jade levantou-se do sofá, pegou sua pasta de trabalho, abarrotada de processos, e se dirigiu para o quarto. À porta do corredor, voltou-se para a irmã:

– Tudo o que você quer ir buscar no Xingu, e que, aliás, você nem sabe exatamente o que é, pode ser encontrado na internet. A Flora, do Iphan, certamente ajudaria nisso. A mamãe, como jornalista, tem uma infinidade de conhecidos, repórteres, correspondentes do jornal. Nós duas não conseguimos encontrar grandes coisas, mas elas podem ajudar muito. Esqueça essa viagem, Jana! – Jade entrou no quarto e fechou a porta.

15

Os aviões da Funai despejaram os panará no Parque Indígena. Assim se expressaram os irmãos Villas-Bôas naquela ocasião.

Na realidade, os indigenistas não sentiam ter atingido seus objetivos. Todos os nativos, em contato com o branco, iam aos poucos perdendo suas características e sua liberdade, ao mesmo tempo sua cultura e seus costumes iam se corrompendo.

Feito gado, tinham sido levados de um curral para outro. Não era certo pegar um povo e transportá-lo de um lado para outro. Uns recriminaram, outros se arrependeram, mas o fato é que os panará foram implantados no Parque Indígena do Xingu.

“Quando meu povo chegou ao parque, havia poucos homens e muitas mulheres”, prosseguia Toriaua em seu relato para o repórter.

Os homens tinham morrido de doença mais do que elas. E tinham lutado, uns com os outros, por causa da feitiçaria. Tinha também muita criança sem pai nem mãe. Criança solta. O povo que sobrou estava todo doente de outras coisas: malária, parasitas. Veio médico pra examinar a gente.

Muito homem tirou fotografia quando saímos do avião. Também vinham pedir pra falar alguma coisa. Mas a gente não entendia nada. Ainda não tinha lugar certo para os panará. Juntaram nosso povo com os caiapó, com quem a gente sempre brigou. Eles tinham mais homens que mulheres. Logo se interessaram pelas nossas meninas sem pai nem mãe. Queriam elas.
Não tinha banana. Meu povo come muita banana. Não tinha roça nossa. Só das outras aldeias, que tinham chegado no parque muito antes da gente. A comida não dava pra todo mundo. Meus irmãos e eu começamos a passar fome. Daí, mudamos pra outra aldeia. Mas sete das nossas meninas pequenas não foram. Ficaram casadas com os caiapó.

Os indígenas gigantes perdiam cada vez mais sua autoestima e se entregavam à depressão. A sensação de derrota era tão grande que perambulavam, aéreos, como cadáveres animados, meditando por horas a fio.

Foi apenas quando conseguiram a própria aldeia, dentro do parque, que os panará, com a saúde um pouco melhor, plantaram sua roça e começaram a se recuperar. Reinstauraram os ritos, as danças e as canções tradicionais. Os homens aprenderam a pescar com linha e anzol. Voltaram a crescer como população e a reconstruir sua identidade, adaptada à nova situação do Xingu.

Procurei, na nova aldeia, um lugar entre outras árvores, para onde eu pudesse ir quando quisesse recordar minha terra, minha família, meu pai, minha mãe.

O repórter e o fotógrafo não faziam a menor ideia do que se passava no íntimo de Toriaua, mas conseguiram que ele sorrisse para as fotos. Assim mostravam que ele estava feliz e que o Parque Indígena do Xingu era mesmo um lugar idílico e singular.

Jade, sozinha no quarto, ligou para os pais. Eles precisavam saber daquela história toda do velho indígena. Janaína estava perturbada, envolvida demais com aquilo.

Ao ouvir a narração da filha mais velha, Lucélia, que já havia sonhado que a caçula estava em apuros, ficou preocupadíssima. Então o rosto de Marco Aurélio apareceu na tela. O que se passava com Janaína para ter deixado Lucélia tão afobada?

A internet começou a falhar. As imagens, nas telas de ambos os lados, travaram. As frases chegavam cortadas e ninguém entendia o que o outro queria dizer, então se viram obrigados a encerrar a chamada.

Pouco depois, Jade recebeu uma mensagem de texto da mãe:

Mamãe

Amanhã, por volta da hora do almoço, estaremos aí.

Beijos.

"Eu sabia que eles não iam deixar barato!" Jade bateu com a mão espalmada na própria testa. Fechou o *laptop* e foi falar com Janaína.

No dia seguinte, mais cedo do que o previsto, Lucélia e Marco Aurélio chegaram em casa. Entraram ávidos por abraçar as filhas.

Encontraram Jade na sala.

– Nossa, que susto, papai! Estávamos esperando vocês mais tarde!

– Decidimos sair bem cedo – disse Lucélia, antes de beijar a filha. – Onde está a Jana?

– Dormindo – disse Jade.

Marco Aurélio sentiu cheiro de café fresco e foi para a cozinha. Já Lucélia estava ansiosa por mais explicações.

O marido voltou da cozinha com dois cafés.

– Conversar com um cafezinho quente no estômago é muito melhor!

Lucélia aceitou o café – porém, sem arredar o pé das explicações.

Janaína apareceu na sala.

– Jana! – Lucélia apressou-se em abraçar a filha. – O que está acontecendo com você? Fiquei tão preocupada!

Ainda sonolenta, Janaína beijou a mãe e o pai. Na noite anterior, Jade havia lhe dito que conversara com os pais sobre tudo o que ocorrera enquanto eles estavam fora. Mas a caçula não sabia ao certo o teor daquela conversa.

– A minha irmã não contou tudo pra vocês? Então o que mais quer eu diga, mamãe?

Marco Aurélio afirmou que, uma vez que os fatos haviam ocorrido com ela, Janaína, então era dela que queriam ouvir as considerações.

Toda a explanação dos acontecimentos levou mais de meia hora – desde os sonhos até o encontro da falsa pedra.

Janaína revelou que tudo aquilo tinha suscitado nela uma vontade enorme de ir até o Xingu. E aproveitou para também comentar que o pai de uma amiga era proprietário de uma agência de turismo que oferecia pacotes para aquele destino e ainda facilitava o pagamento.

Marco Aurélio reforçou as palavras de Jade quanto à possibilidade de desvendarem tudo o que Janaína queria, de São Paulo mesmo, pela internet, com as redes sociais, os contatos de Lucélia... e até de Luciano, que, mesmo sendo calouro, estava entre historiadores.

Atenta, Janaína ouvia as palavras do pai, mas com um desânimo que ela não conseguia disfarçar. Marco Aurélio, percebendo a apatia da filha, trocou olhares com a esposa.

– Meninas, tenho uma proposta a fazer – anunciou ele. – Já que Lucélia e eu voltamos para casa, vamos nos sentar, nós quatro, e fazer um cronograma de tudo o que precisamos descobrir sobre essa aventura paranormal que a Jana está vivendo. Aliás, nós quatro, não! Vamos incluir o Luciano.

"Aventura paranormal." Era engraçado ouvir aquilo, pensou Janaína. Já havia percebido que Jade não acreditava em sua história.

E os pais, será que acreditavam? Luciano também estava totalmente reticente.

Janaína sentiu-se só.

Antes de acontecer tudo aquilo, sua vida era um conto de fadas: o pai, a mãe, a parceria da irmã, o namorado, a escola, os amigos. Agora, aquela casa era uma prisão: ninguém podia compreender sua necessidade de sair em busca de explicações. Ainda que fosse possível obter informações sem sair de casa, Janaína sentia que algo maior a chamava. Porém, sem alternativa, concordou com a proposta do pai.

– Antes de mais nada, papai e mamãe, precisamos saber se vocês têm algum ascendente indígena – Jade se pôs na dianteira.

Na conversa que tivera com os pais, não havia dado todos os detalhes da história. Então contou sobre a possibilidade de terem um ancestral indígena, como Môpea havia dito.

Marco Aurélio, de pronto, negou. De sua parte, os ancestrais eram todos espanhóis, quiçá descendentes de mouros. Os que vieram para o Brasil tinham ido para o interior de São Paulo para trabalhar nas fazendas de café. Alguns tantos também se dedicaram ao comércio.

Lucélia acompanhou o marido. Os antepassados dela eram imigrantes italianos. No Brasil, haviam se espalhado por vários estados, como Rio Grande do Sul, Minas Gerais e São Paulo. Alguns buscaram as lavouras; outros, o comércio.

– Mas, se eu não tenho ascendência indígena, então qual é a explicação para tudo o que está acontecendo comigo? Eu preciso ter algum elo com eles, vocês não entendem? – explodiu Janaína.

A mãe se emocionou. Abraçou a filha e afirmou que todos eles iriam ajudá-la a desvendar aquele mistério.

– Qual mistério, mamãe? – provocou Jade. – O dos sonhos, o da pedra, o dos dizeres do indígena ou o dos destemperos da Jana? Sim, porque ela anda parecendo uma chaleira de água fervendo: encostou o dedo, queima. Não sei como o Luc aguenta!

Lágrimas brotaram nos olhos de Janaína. Lucélia, para contemporizar, disse que não conhecera seus bisavós e que perdera os avós bem cedo. Mas sabia que uma bisavó tocava piano muito bem e que a outra tinha mãos de fada para a cozinha.

– A que tocava piano com certeza não era indígena, né, Lucélia? – Marco Aurélio riu. – Porque nunca vi aldeia indígena ter piano. Já a outra, que cozinhava bem, até podia ser exímia em pasta de mandioca.

O choro de Janaína se transformou em pranto.

– Indígena não come só mandioca e ele pode tocar piano! – ela gritou para o pai.

Marco Aurélio se arrependeu da brincadeira. Naquele momento, viu que Jade estava certa. Janaína era um vulcão em ebulição e precisava de ajuda – quem sabe até de um psicólogo.

16

Fazia muitos anos que os irmãos Villas-Bôas vinham acompanhado o percurso dos indígenas – suas muitas lutas, suas parcas conquistas.

Leonardo, o mais novo deles, que havia tempos não trabalhava mais ao lado dos irmãos, morrera cedo, aos 43 anos, vítima de um ataque cardíaco. Ainda abalados com a morte dele, Orlando e Cláudio, como homenagem, batizaram o posto do Parque Indígena com o nome do irmão.

Os Villas-Bôas continuaram o trabalho de aproximação com os nativos até o ano de 1978, quando deixaram de viver na selva.

Os indígenas panará, que sempre foram os poderosos e temíveis gigantes do norte, haviam se tornado uma minoria, sem autonomia e politicamente menos importantes do que as outras etnias que habitavam o parque. Mas, como provavam a cada dia que eram mesmo gigantes, seguiram sua vida. Ampliaram sua descendência e começaram a se relacionar com outros grupos.

Entre 1982 e 1983, já contavam 95 pessoas.

Mas a restauração da felicidade parecia não ter sido reservada para eles. Nesses anos, tiveram de enfrentar epidemias, como tuberculose e meningite. Para tentar conter os surtos, os panará foram outra vez transferidos de aldeia – dessa vez, para a margem esquerda do rio Xingu. De novo abandonar as roças; novamente adaptar-se a um novo local.

Em 1989, depois de alguns anos de trégua, retornou o tempo de *tuk pirê há*, tempo de morte, ceifando a vida de muitos indígenas. Preocupados com a possibilidade de os panará sucumbirem de vez, os dirigentes da Funai decidiram transferi-los novamente. O rumo era o limite oeste da fronteira do Parque Indígena.

Praticamente todas as etnias indígenas transferidas para o parque, incluindo os panará, eram remanescentes de regiões de terra firme, boas para sua agricultura tradicional. Tinham fartura de caça, e os peixes abundavam nos córregos e igarapés. Inúmeras árvores de frutas nativas, como a castanha-do-pará, o açaí e o cupuaçu, de considerável importância na alimentação, povoavam as matas próximas.

No Xingu, não. A terra, localizada entre os cerrados, era ressecada, ao passo que a floresta tropical era densa e fechada.

Não tinha banana, nem batata, nem cará, milho, mandioca, abóbora, urucum. "No Peixoto de Azevedo tinha tudo isso e mais tatu, jabuti, porco, queixada, macaco-prego. Aqui no Xingu só tem anta", relatou Toriaua a outro jornalista. Ele era sempre o escolhido para dar entrevistas, pois já falava o português com certa desenvoltura.

> *Sinto muita falta de estar no Peixoto de Azevedo, minha terra, o lugar onde eu nasci. Eu quero voltar pra lá. Todo mundo quer. Aqui, nada é da gente; é tudo emprestado.*
>
> *A gente tenta viver sem brigar, mas, de vez em quando, briga. Quem morre não importa nem pra nós, porque são de etnia inimiga, nem pros brancos, porque pra eles indígena não é importante. Não presta pra nada. Todos nós, do parque, estávamos tentando viver bem, apesar de não ter terra boa. Mas ela era grande, cada um com seu pedaço. Até que, um dia, veio vindo trator, escavadeira, gente derrubando árvore, igual tinha acontecido no Peixoto de Azevedo.*
>
> *Veio um general, de cara fechada, dando ordem pros peões. E um pedaço grande da floresta do Parque Indígena deu lugar a uma picada que, disseram, ia chamar BR-080. Não sei dizer pra onde ela ia, mas sei que o parque ficou menor. Aldeias perderam suas terras.*
>
> *O Cláudio não queria nada disso, quando trouxe a gente pra cá, disse que o branco era o inimigo. E ele estava certo. Disse que era preciso viver em paz, aceitar os outros como irmãos. Mas, se a gente tem doença, tem fome, perde terra, sente saudade, como vai viver em paz?*

O senhor, que trabalha em jornal, ajude a gente! Mostre pros brancos que indígena também é gente. Todos os indígenas, de qualquer etnia. Diga que meu povo panará quer voltar pro Peixoto de Azevedo. Diga que queremos ser felizes de novo. Diga...

Luciano amanheceu sentindo falta de Janaína. Mas a falta que sentia não era daquela Janaína que ele vira no último encontro, descompensada, aturdida. Era certo que a namorada nunca fora das pessoas mais tranquilas, mas, agora, estar com ela demandava pisar em ovos. Desconsolado, reconheceu que não era a pessoa indicada para elevar o moral dela. Ao contrário, com frequência fazia gracinhas e ironias quando ela falava sério.

Certa ocasião, Janaína dissera que o pai tinha adotado um cachorro, para levar para o sítio. E ele comentara que havia ido junto à feira de adoção de animais e, portanto, conhecia "o cachorro do pai dela". A namorada se ofendera porque tinha entendido o comentário de forma errada, como um desrespeito ao pai dela. Luciano sempre se emaranhava com palavras e, por vezes, com os sentimentos.

Naquele momento mesmo, sentia-se num impasse: não sabia se deveria achar que aquilo tudo que vinha acontecendo com Janaína era fruto da imaginação dela ou se deveria mergulhar de cabeça naquela "aventura paranormal", como a namorada contara que o pai definia o que estava acontecendo com ela. Uma investigação instigante, cujo desfecho era imprevisível, mas que certamente poderia ser extraordinário.

A namorada era arisca, mas de uma coisa Luciano tinha certeza: ele amava Janaína. Acreditava que o destino deles tinha sido traçado na maternidade.

O rapaz se perdia nessas elucubrações quando seu celular tocou. Era Marco Aurélio convocando-o para uma conversa em família. Mas de que poderia tratar aquela reunião?

SEGUNDA PARTE

CRUZADAS

17

À hora marcada pelo sogro, lá estava Luciano na casa de Janaína. Surpreendeu-se ao ver o desânimo da namorada.

Com a família toda reunida, Marco Aurélio explicou para o namorado da filha que estavam empenhados em ajudar Janaína a desvendar por completo aquela história que se enunciara nos sonhos dela. Disse que a filha pretendia ir ao Xingu, mas que, se todos colaborassem, cada um a seu modo, ele estava certo de que poderiam resolver tudo sem sair de São Paulo.

Luciano, que nem sabia desse desejo de viajar da namorada, redobrou o interesse em ajudar. Quanto mais a tivesse por perto, melhor, achava ele.

– Eu quero e posso ajudar. Acabei de entrar na faculdade, mas estou cercado de professores incríveis, que devem ter contatos.

Lucélia também se prontificou. A *Folha Diária*, onde trabalhava, era porta aberta para informações. Marco Aurélio argumentou que ele e Jade poderiam ajudar profissionalmente consultando seus colegas, advogados de direitos humanos, que conheciam a causa indígena, se preciso fosse, como também nas pesquisas.

Janaína nada havia dito até então. Um desassossego se apoderava dela. Mas a menina não podia dispensar aquele abraço coletivo que a família queria lhe dar, acreditando nela, ajudando-a.

Abriu um sorriso.

– Tamo junto, *amore*! – Luciano beijou a namorada.

Os olhos de Janaína buscaram os da irmã.

Jade, que não havia se posicionado, percebeu.

– Eu também ajudo, claro! Não posso afirmar que vamos achar a pedra com o amuleto, mas, se isso acontecer, teremos de entregá-la para o Estado. Imaginem se as pessoas pegarem para si todos os objetos históricos que acharem!

Um silêncio se interpôs à reunião. Janaína sabia que o pai certamente pensava como Jade. Luciano, como historiador que seria, também. Talvez tivesse a conivência da mãe, no intuito de entregar a pedra aos indígenas, que Janaína e sua família já sabiam, pela informação da antropóloga, serem da etnia panará. Mas Janaína precisava da ajuda de todos para encontrar as respostas. Não podia mais seguir sozinha. A cruzada mal começara.

Logo na manhã seguinte, no intervalo das aulas da faculdade, Luciano procurou um de seus professores. Após Luciano explicar a ele toda a saga, o mestre ponderou que cada etnia indígena tinha seus rituais e crenças, mas que não havia relatos de experiências sobrenaturais ou *post mortem* tão específicos como aqueles, seja por uso de alguma substância alucinógena em rituais, seja por um dom de fato.

Luciano não era de desistir facilmente e queria muito acreditar nos sonhos da namorada, então insistiu. Mostrou os dizeres do velho indígena para o mestre, que prometeu verificar se eram mesmo da etnia panará.

Jade, por sua vez, amanheceu querendo se entender com a irmã. Antes de sair para o trabalho, falou com ela.

– Jana, vou me comunicar com a Flora e ver se ela me encaminha para alguém que saiba traduzir a frase do velho indígena. Sinto muito, mas vamos ter que abrir mais a história para ela. Por ora, a Flora só viu o desenho da pedra, e mais nada – Jade beijou a irmã. – Preciso ir. Até mais tarde, querida.

Lucélia ouvia o noticiário enquanto dirigia rumo ao jornal. As informações sobre o novo coronavírus se destacavam naquela manhã. A doença que esse vírus provocava era a covid-19: *co*, de "corona"; *vi*, de "vírus"; *d*, de "*disease*", ou "doença"; e 19, em referência ao ano em que foi identificado, na China – ou seja, é um acrônimo em inglês para a expressão "doença do coronavírus de 2019". Era preocupante. Alguns países da Europa já haviam tomado sérias precauções para evitar que o vírus se espalhasse.

A *Folha Diária* também noticiava, todos os dias, por meio da coluna da jornalista e amiga Paula, os caminhos do coronavírus. Lucélia sentiu um arrocho no peito. Pensou em Janaína. Mas por que, se ela estava junto deles, sã e salva?

No meio da tarde, Janaína recebeu um recado da irmã.

Jade
Jana, conversei com a Flora. Ela me passou o contato de um indígena panará. Mas só tem o da rede social virtual. Vou pedir a amizade dele. Tomara que aceite! Bj. 😘

Por ambos os motivos, Janaína ficou feliz. Apesar de não ter sentido, no recado que recebera, o tradicional carinho da irmã, era bom saber que ainda podia contar com ela. E o contato de um indígena panará era a certeza de que, em breve, saberiam o que o ancião de seu sonho queria dela.

Aquele momento de início de aulas não exigia tanto de Janaína. Ateve-se ao necessário para as próximas aulas e, sozinha em casa, pegou o *tablet* e iniciou uma nova pesquisa sobre indígenas. Sentia-se próxima a todos eles, queria se imiscuir na vida deles. Deparou com uma reportagem sobre o Ciclo da Borracha, na Amazônia.

Tudo havia começado quando a empresa americana Goodyear descobrira que o processo de vulcanização deixava o látex, substância espessa e leitosa extraída de alguns vegetais, duro o suficiente para ser usado como borracha na fabricação de pneus de automóveis. A partir daí, começou a primeira grande produção em massa de carros, pela Ford, naquele momento, líder do setor.

Resultado: 30 mil indígenas foram escravizados, torturados e assassinados por seringalistas poderosos, em apenas 12 anos. Os nativos eram enviados para lugares ermos da floresta para extrair a seiva da seringueira. E as sanções eram duras para quem não fizesse o trabalho dentro do prazo: tortura e morte.

Ainda hoje, encontramos na Amazônia muitos povos indígenas isolados que descendem daqueles que fugiram ou foram expulsos de suas terras, partindo para áreas mais remotas e de difícil acesso, mas que, assim, sobreviveram ao ciclo da borracha.

Esses eventos não se limitaram ao território brasileiro. Esse extermínio dos povos originários se desdobrou também em países como a Colômbia, o Peru e a Austrália. Mas o que mais choca é saber que os efeitos do ciclo da borracha chegam até os dias de hoje. É passada a hora de entendermos que os povos indígenas são seres humanos e merecem ser tratados como tal.

Abaixo da notícia, Janaína pôde ver a foto de três indígenas acorrentados pelo pescoço. Ela pretendia se estender mais nas pesquisas, mas foi interrompida pela videochamada de Luciano.

– Nossa, Luc, você não morre mais! Acabei de ler uma reportagem sobre o Ciclo da Borracha que me deixou impressionada. Ia mandar pra você quando meu celular tocou.

Luciano se interessou. Pediu a ela que enviasse o *link* e, enquanto conversava com a namorada, leu o texto.

– Não é um absurdo, Luc?

Pelo vídeo, ela percebeu o namorado levantando o sobrolho e fazendo uma careta.

– É sério que não ficou chocado, Luc? Não tô acreditando!

O namorado ponderou que sempre precisavam ouvir os dois lados de cada história.

– Segundo relatos que li, Jana, os indígenas eram frágeis para o extrativismo e...

– Pode parar já com essa conversa mole! – a namorada se irritou – Então você acha que pra fragilidade deles o remédio era tortura e morte? Que absurdo, Luciano! Justo você, um futuro historiador!

– Eu não disse isso, Jana. Aliás, você nem me deixou completar meu pensamento.

– Então complete! – a namorada cruzou os braços, na expectativa.

– Como os indígenas eram frágeis, acabaram importando os negros, da África.

– Ah bom! Importaram os negros para serem escravizados e passarem pelos mesmos ou mais severos castigos – disse Janaína, indignada, desligando o celular na cara dele.

Luciano, enrolado com as palavras como era, não tinha conseguido expor sua real opinião. Seus antepassados haviam sentido na pele a dor da escravidão; como poderia ele achar aquilo normal?

Ligou novamente para a namorada.

– Caiu a ligação, *amore*.

– Não caiu, não. Fui eu que desliguei. Por que ligou de novo? Pra falar mais abobrinhas?

– Não, Jana. Queria só contar que falei com meu professor e mostrei a frase do velho indígena. Ele disse...

Mas nada do que Luciano dissesse, naquele momento, interessaria a ela. Encerrou novamente a ligação e, nas várias vezes que ele tentou contato, ela não atendeu mais.

Dias ásperos, de incerteza. Quando viriam os macios, de tranquilidade?

18

Vá buscar sua terra, meu filho! Ajude o cacique a encontrar a velha terra dos panará, no Peixoto de Azevedo. Nossa terra foi raspada, comida; nosso rio, bebido. Mas ainda tem pedaço bom, tem água boa. Vá buscar!

Toriaua acordou aflito.

– Pai! Pai! – chamou, sem obter resposta.

Mas tinha ouvido claramente a voz de Yauapi, pedindo-lhe que fosse atrás da terra boa que ainda havia. A mensagem tinha sido tão real que a primeira coisa que Toriaua fez ao sair da rede foi falar com o cacique.

Em momento nenhum o chefe da aldeia duvidou que o velho pajé tinha, mesmo, vindo trazer notícias alvissareiras. Por tanto tempo Yauapi tinha sido o mentor dos panará! Se todo indígena podia se comunicar mentalmente, o pajé tinha esse poder muito mais aflorado. Assim, escutou e aceitou a narração de Toriaua. Juntos, buscariam um meio de chegar até seu lugar de origem.

O ex-diretor do Parque do Xingu, que agora dirigia a Fundação Mata Virgem, apoiadora de projetos de educação e desenvolvimento no parque, foi a primeira pessoa que Toriaua e o cacique procuraram.

Ainda que não tenha acreditado no sonho de Toriaua, mas tendo acompanhado as dificuldades que aquela etnia indígena vinha passando desde sua chegada ao parque, o diretor ouviu a reinvindicação dos panará e as levou aos advogados do Núcleo de Direitos Indígenas, o NDI, em Brasília. Eles, por sua vez, aceitaram representar o clamor dos nativos.

Assim, no dia 31 de outubro de 1991, seis indígenas panará, incluindo Toriaua e o cacique, assistidos por mais seis brancos, tomaram um ônibus no Posto de Vigilância da BR-080, no Parque Indígena do Xingu, para fazer uma implausível viagem às terras que margeavam o rio Peixoto de Azevedo.

O grupo chegou exausto à cidade de Matupá, no extremo norte do estado do Mato Grosso, justamente o lugar de onde os panará tinham sido retirados, em 1975. Era a primeira vez que Toriaua voltava à sua terra. Não havia mais a roça de amendoim, nem os pássaros, nem os peixes. O vale do Peixoto de Azevedo tinha se tornado um lugar desolador. Os garimpos e as fazendas haviam derrubado a mata, poluído e assoreado os rios. Trechos enormes do paradisíaco Peixoto de Azevedo tinham virado charcos.

Toriaua se lembrou das palavras de Yauapi: o branco vai comer nossas florestas e beber nossos rios.

Mais tarde, sobrevoando no avião da FAB o lugar de sua antiga aldeia, berço de seus mitos e tradições, transformado em caos, os olhos do filho do pajé marejaram. O que a mão do branco havia feito! O lugar onde ele nascera. Todo destruído! Ali era uma terra boa. Eles haviam matado a floresta! Por que o chefe branco mandara destruir a terra? Toriaua pescava ali. Caçava. Era a sua terra!

Enquanto falava, Toriaua chorava. Os brancos que acompanhavam os indígenas, inclusive André Villas-Bôas, parente distante daquela família que os panará bem conheciam e respeitavam, se comoveram.

– Nós vamos encontrar um lugar bom para vocês, Toriaua – disse um oficial da Força Aérea. – Vamos procurar vestígios da sua velha aldeia. Você se lembra da cachoeira da Jacutinga?

Toriaua franziu o cenho. Lembrou que, nas redondezas da cachoeira da Jacutinga, os panará haviam travado uma luta de morte contra os caiapó, seus piores inimigos.

– Pois então, Toriaua – recomeçou a falar o oficial. – Quando conseguirmos chegar lá, vamos ter ideia de onde procurar terras férteis. Mas isso tem que ser feito a pé, desbravando a mata. Fica para um outro dia. Porém, se ainda houver terra boa por aquelas paragens, faremos o possível para que elas voltem a ser de vocês.

Que cruzada, que batalha mais seria aquela que se avizinhava dos panará?

Dois dias haviam se passado e o indígena panará, indicado por Flora, ainda não tinha aceitado a amizade de Jade na rede social.

Janaína cobrou a irmã. Ela poderia bem esquadrinhar as amizades do tal indígena, na página dele. Quem sabe encontrasse alguma em comum. Então foi a vez de Jade cobrar Janaína: em vez de ficar se lamentando pela saga indígena, que ela própria entrasse na página do panará e verificasse.

– Não fiz porque você disse que ia fazer isso, Jade – Jana se defendeu.

Janaína sabia que a irmã andava engolfada em trabalho, mas a caçula nunca a tinha visto falar com ela naqueles termos. Enfim, era preciso convir que Jade estava certa. Pediu o nome que o indígena panará usava na rede social e pôs-se a vasculhar os amigos dele.

Marco Aurélio e Lucélia chegaram em casa, naquela noite, praticamente juntos. Encontraram as filhas apartadas: Jade no quarto e Janaína na sala. Condição insólita, uma vez que as duas costumavam estar sempre juntas. O pai inquiriu Janaína sobre o progresso das pesquisas. Sem tirar os olhos do *tablet*, ela comentou, por alto, que Luciano havia falado com um professor, mas que nada havia de concreto.

Lucélia sentou-se ao lado da filha.

– O que você procura com tanto interesse, Jana?

A filha aconchegou a cabeça no ombro da mãe. Sentia que Lucélia era a única que verdadeiramente compactuava com ela. Então contou sobre o contato do indígena panará, que não havia dado retorno. E que pesquisava o rol de amigos dele, na esperança de encontrar alguém conhecido.

Marco Aurélio ponderou que aquilo era um tanto improvável. Se houvesse amigos em comum, talvez o indígena tivesse aceitado a amizade de Jade. Lucélia discordou. Alguns indígenas, mesmo usuários das redes sociais, viviam em áreas rurais, onde nem sempre a internet funcionava em tempo integral. Talvez ele nem tivesse visto a solicitação de amizade de Jade.

– Depois eu ajudo você a bisbilhotar a página do panará – disse Lucélia, e então beijou a filha e foi dar boa noite a Jade.

Após o jantar, na sala, mãe e filha juntaram-se novamente para pesquisar a página da rede social do indígena. Um nome chamou a atenção delas: Villas-Bôas.

À exclamação de surpresa da filha, Marco Aurélio se interessou em saber o motivo. Conjeturou, no entanto, que os irmãos Villas-Bôas eram falecidos, os três. Mas aquele sobrenome era conhecido, principalmente entre indígenas.

O primeiro nome do Villas-Bôas da rede de amigos do indígena panará era André. Imediatamente, Lucélia e Janaína entraram em um *site* de pesquisas e buscaram informações sobre ele. Descobriram que havia trabalhado, por muitos anos, na Funai e que tinha sido uma das pessoas que acompanhara os panará em um sobrevoo por suas antigas terras, na esperança de poderem voltar para lá.

Então, voltaram para a rede social, entraram na página de André e, mais uma surpresa, encontraram, entre os amigos dele, o nome de uma amiga de Jade, Mariana Valente. Lucélia comentou que as duas não se viam havia muito, mas que ela sabia que Mariana era bióloga e morava em Brasília.

Uma onda de empolgação tomou conta de Janaína. Se a irmã tivesse o celular da amiga, não seria difícil para elas chegarem ao contato de André Villas-Bôas, que, certamente, poderia dar muitas informações sobre os panará.

Que o velho indígena de seu sonho aguardasse só mais um pouco. Foi o que pediu em silêncio Janaína, de olhos fechados.

19

"Nós andamos, mais ou menos, uns oitenta quilômetros dentro da mata naquele dia em que o oficial da FAB mandou seus homens acompanharem a gente. Andamos até encontrar a cachoeira da Jacutinga", contava Toriaua em uma palestra para estudantes.

Nós pisamos vários rios e córregos que, em vez de água, tinham barro. Quando a canseira chegava e o corpo pedia água, naquela terra onde antes jorrava água, agora era preciso cavar buracos fundos. E, quando a fome vinha, de nada servia o arco nem as flechas, porque não havia o que caçar, nem o que pescar.

Mas indígena é povo que nunca desiste. Panará não tinha mais pajé, nem amuleto, mas tinha fé; que essa ninguém rouba da nossa gente. E continuamos andando, até ouvir um ruído.

"Água!", gritou um irmão. "Água!", "Água!", "Água!", foram gritando os outros.

Corri o máximo que pude. E vi. Ali, no meio das rochas, fazendo um desenho de cores, um arco de cores, a cachoeira da Jacutinga. Era ela que a gente precisava encontrar primeiro, pra depois achar a nossa terra.

Algum tempo se passou até que os resquícios das terras panará fossem finalmente encontrados. Sobrevoando a área, uma clareira de floresta ainda restava. Toriaua olhou tudo, lá de cima, do avião, sem medo e sem chorar. Medo de quê, depois de tudo o que havia passado? Por que chorar se via, de novo, seu chão. Apenas cruzou os braços contra o peito, em sinal de paz.

O rio não era o Peixoto de Azevedo, mas Nasepotiti, como os panará chamavam o rio Iriri, que se unia ao Ipiranga na fronteira entre Pará e Mato Grosso. E a área era enorme. Muita terra, muitas árvores, pássaros, tatu, jabuti, porco, queixada, macaco-prego...

– *Ja pjâran jõ kypa!!! Ja pjâran jõ kypa!* É a nossa terra! – gritou Toriaua, comovido.

Ainda teriam de enfrentar muita coisa, mas eram fortes o bastante para esperar.

Naquela noite, Janaína voltou a sonhar com o ancião indígena. Ele nada disse. Apenas mostrou novamente a rocha, com o mesmo desenho da pedra. Desta vez, porém, ao lado dela não estava mais a árvore frondosa; em seu lugar havia um buraco enorme.

Janaína despertou sem susto. Parecia ter assimilado o ancião como velho conhecido. Acendeu o abajur, pegou seu livrete e desenhou a nova cena.

Por mais silêncio que tivesse feito, a irmã despertou.

– Por que está sentada na cama, Jana?

Janaína teve vontade de responder "à toa", mas por que começar um novo dia já com rispidez? Pensou.

– Tive o mesmo sonho – mostrou o desenho.

Jade se recostou na cama e observou a figura. Comparou com a anterior. Aquilo já estava se tornando uma novela, capítulo por capítulo. E a irmã, uma pessoa aturdida, como um animalzinho acuado.

– Eu tenho o celular da Mariana. Vou ligar pra ela hoje, explicar tudo e pedir o contato do André Villas-Bôas – disse Jade antes de se levantar da cama e ir abraçar a irmã. – Ontem, eu estava exausta, por isso não fiz nada a respeito. Agora, vamos dormir mais um pouco, que ainda é madrugada.

Um sentimento reconfortante envolveu Janaína. Como era bom ter o apoio da irmã!

Luciano continuava se empenhando em buscar informações para ajudar a namorada. Não tinha sido intenção dele aborrecê-la na última conversa que tiveram, mas assim fora. Só uma boa notícia, uma singularidade sobre o velho indígena ou a pedra poderia quebrar o mal-estar entre os dois. Era o que ele acreditava.

Só no final das aulas conseguiu abordar novamente o professor. Sondou para ver se tinha alguma novidade a respeito da frase indígena que compartilhara com ele. O mestre foi solícito. Sim, tinha novidades. Não tivera sucesso em traduzir a frase, mas conseguira o contato de um indígena panará, de nome Peranko – porém, apenas o da rede social. Ainda assim, o professor creditava que o aluno teria êxito na busca e lhe desejou boa sorte.

Feliz, imediatamente Luciano ligou para a namorada.

– *Amore*, tamo perto! – e explicou tudo à Janaína.

A menina, que acabara de chegar do colégio, também ficou feliz com a boa-nova. Aquele empenho do namorado em ajudá-la não apagava a decepção que tivera com ele anteriormente. Mas guardar rancor não levava ninguém adiante, concluiu ela. Então conversou com Luciano por um bom tempo e contou sobre o novo sonho. Quando encerraram a ligação, fotografou o inédito desenho e mandou para ele.

"Mania de anotação", era o que Jade dizia da irmã. E lá estava Janaína consultando o rol de informações sobre as pesquisas feitas que ela havia registrado na caderneta. Uma constatação deitou por terra a última informação de Luciano: o indígena Peranko era o mesmo que Flora, a antropóloga, havia indicado para Jade – e que não havia retornado seu pedido de amizade na rede social. Janaína lembrou-se da teoria dos Seis Graus de Separação, que dizia que todas as pessoas estavam interligadas por um número bem pequeno de conexões. Ali estava a prova. Mas ela não ia dizer nada para o namorado. O que importava era que ele queria ajudar.

Assim que chegou ao jornal, Lucélia foi procurar a amiga Paula. Estava incomodada com aquele vírus que, sem que ela soubesse o motivo, lhe parecia próximo, iminente. Havia lido muitas coisas sobre ele, mas nada como a amiga bióloga e colunista do jornal para dar esclarecimentos.

Paula confirmou que o vírus tinha aparecido já havia dois meses, na China, e, como naquele momento já circulava pela Europa, era possível classificar o fenômeno como uma epidemia. Os países atingidos faziam quarentena, ou seja, as pessoas ficavam em suas casas, apartadas de tudo. Crianças estavam sem aulas presenciais; profissionais, em *home office*.

Segundo a jornalista, a gravidade dos sintomas variava e os cientistas ainda buscavam a resposta para o fato de a covid-19 também matar jovens saudáveis. Ao receber essas informações, o coração de Lucélia bateu mais forte.

Paula ainda informou que, se o vírus chegasse ao Brasil, se imaginava, inicialmente, uma taxa de 7% de letalidade, mas que esse número poderia variar, dependendo de como a doença progredisse no país.

– Lucélia, não se deixe levar por qualquer notícia que ler sobre o caso. Nós, jornalistas, estamos mais do que cientes do volume de *fake news* que encontramos. Tem gente que adora criar notícias falsas. Em breve, vou apresentar algumas delas no jornal. – Beijou a amiga e voltou à sua mesa de trabalho.

Paula pensava como jornalista; Lucélia, ainda que sem saber o porquê, pensava como mãe.

20

Mais um ano se passara desde que Toriaua e seus companheiros tinham avistado aquele pedaço de terra fértil, remanescente da antiga área habitada pelos panará.

Era julho de 1993. Toriaua seguiu, em uma caminhonete, acompanhado do cacique e de mais quatro irmãos panará, além do diretor da Fundação Mata Virgem, em busca de uma pista de pouso, identificada por satélite. Depois de um longo caminho, chegaram a ela, que servia para que aviões de fazendeiros aterrissassem. Estes vinham fazendo um levantamento topográfico da região, para que pudessem então grilar as terras. Era mister que a demarcação delas, em favor dos panará, fosse feita o mais rápido possível.

Após um profundo estudo dos mapas e das imagens feitas por satélite, o grupo indígena foi chamado para conversar. Toda aquela imensa extensão de terra, avistada do avião, era, por direito, deles. Mas – como sempre, havia um "mas" na vida daquele povo tão sofrido – para conseguirem todo o território, teriam de lutar muito com os grileiros e garimpeiros, que já estabeleciam acampamentos na região.

O pajé Yauapi havia dito que nunca deveriam viver perto de Yauaretê, a cachoeira da Onça, onde havia muito ouro, pois ouro queria sangue. Que o branco mataria pelo ouro.

Porém, os nativos queriam deixar o Parque Indígena o quanto antes; então, para poderem resolver logo a questão, decidiram abrir mão de grande parte do território tradicional a que, por lei, teriam direito, apenas para evitar uma contenda com os brancos.

A eles coube a área que, efetivamente, estava livre: 488 mil hectares, entre Pará e Mato Grosso. Bem longe de Yauaretê.

No dia 14 de dezembro de 1994, o *Diário Oficial da União* publicou a proposta da Funai pedindo a delimitação da Terra Indígena

Panará, na fronteira do Mato Grosso e Pará. Mas o êxodo do Parque Indígena do Xingu rumo à nova terra ainda levaria quase dois anos para se concluir. Só no final de 1996 completou-se a aldeia nova.

Nesse meio-tempo, o ministro da Justiça assinou a portaria que dava aos indígenas a posse permanente da Terra Indígena Panará.

Nasepotiti, as margens do rio Iriri, era finalmente deles! E, pela primeira vez em quinhentos anos, depois do desaparecimento de mais de novecentos povos nativos no Brasil, uma decisão legal beneficiou um povo indígena.

Os panará sabiam dos riscos a que estariam sujeitos ao trocarem a segurança do Parque Indígena do Xingu pela vulnerabilidade de uma área aberta, desordenada e predatória, mas estavam dispostos a enfrentar o que viria.

Mesmo tendo aberto mão de uma grande parte do seu torrão, sentiram na pele o efeito da recuperação de Nasepotiti. A reação dos grileiros, políticos, fazendeiros, madeireiros e garimpeiros foi enorme. A cobiça por aquelas terras acarretou violentos conflitos armados.

Mas a história dos gigantes do norte se comprovaria verdadeira. Eles não eram grandes em estatura, mas sim em vontade, perseverança e coragem.

Janaína era sempre a primeira a chegar em casa. Por ter aulas apenas no turno da manhã, passava o resto do dia sozinha, à espera dos pais e da irmã.

Estava ansiosa por saber se Jade havia conseguido falar com a amiga Mariana. Esperou por algum recado dela, mas nada recebeu. Jade andava mesmo atribulada, pensou a caçula enquanto ligava o *tablet* para se embrenhar em seu assunto predileto: os indígenas.

O *Massacre do Paralelo 11* era esse o título do texto que ela pegara para ler.

Corria o ano de 1960, quando funcionários do Serviço de Proteção ao Índio (SPI), junto com fazendeiros, presentearam indígenas da etnia Cinta Larga com alimentos misturados a arsênico, um veneno letal. Cerca de 3.500 indígenas morreram envenenados.

Indignada, Janaína mandou a reportagem para o namorado. E o retorno dele a indignou mais ainda.

Luciano contou também estar envolvido com o assunto indígena, desde o sonho da namorada. Concordava que eles haviam sofrido muito, mas, como já havia dito, era sempre preciso avaliar os dois lados das histórias. Os brancos tinham sido carrascos, mas os indígenas também não eram santos. Tinham rituais sardônicos de iniciação. Dava o exemplo de um, que obrigava os meninos, ao atingirem uma certa idade, a enfiar a mão em um tubo cheio de formigas, ficando assim por 10 minutos.

Janaína, perplexa, fez uma videochamada para o namorado. Ele estava confundindo atrocidades com tradições. Os rituais de iniciação faziam parte da cultura indígena. Mas envenenar indígenas era crime hediondo. Acorrentar indígenas e apartá-los de seu hábitat eram atrocidades. O namorado, como futuro historiador, precisava aprender a diferenciar aquilo tudo.

Luciano silenciou. Concordava com a namorada. A diferença entre as brutalidades dos brancos e as dos indígenas era que os primeiros agiam por maldade, e os segundos, por legado cultural.

Quando Jade chegou em casa, encontrou a irmã nervosa, de braços cruzados e olhos presos no chão. Soube que era por causa da discussão com Luciano. Mas a notícia que ela trazia certamente acalmaria a caçula.

– Falei com a Mariana, Jana.

Os olhos da irmã voltaram-se como uma seta para ela.

– Ela deu o contato do André Villas-Bôas, Jade?

– Não tinha. Mas deu o de uma outra pessoa, mais capaz ainda de poder nos ajudar. Um indígena panará.

– Contato de rede social não leva a nada, Jade. Você viu!

– Tenho o celular. Ele se chama Kunity e mora na aldeia dos panará, Nasepotiti, na divisa entre o Mato Grosso e o Pará.

A seta nos olhos de Janaína brilhou. Num ímpeto, abraçou a irmã.

– Quando podemos ligar pra ele?

Jade correspondeu ao abraço. Acariciou os cabelos da irmã. Achava melhor, primeiramente, escreverem para o indígena e esperar pelo retorno. Caso ele não respondesse, aí sim telefonariam.

Janaína viu a irmã digitar o recado para o indígena:

Jade

Boa noite, Kunity!
Sou Jade Velásquez. Quem me deu seu contato foi uma amiga em comum: Mariana Valente. Gostaria de conversar com você sobre uma pesquisa que estou fazendo, referente ao seu povo, e preciso de uma fonte confiável. Por favor, me diga se é possível.
Aguardo, com muito interesse, o seu retorno. Muito obrigada e um abraço.

– Está feito, *hermanita* – Jade apertou a mão da irmã.

Marco Aurélio chegou a tempo de ver as filhas de mãos dadas. Há dias não as via assim. Beijou-as e foi logo perguntando quais eram as novidades. Era daquele jeito que gostava de ver sua áurea dupla.

21

Quando os indígenas panará conseguiram, finalmente, voltar à sua terra, Orlando e Cláudio Villas-Bôas já não estavam junto deles. Mas, de longe, acompanhavam e se regozijavam com seus êxitos.

Os indígenas também aplaudiam os irmãos, que tanto haviam lutado por eles, a ponto de serem indicados por duas vezes ao prêmio Nobel da Paz. Depois de morrerem, tanto Cláudio quanto Orlando foram homenageados pelos indígenas do Xingu com o *Kuarup*, um ritual em honra dos mortos.

No Xingu, chegava ao fim a era dos irmãos Orlando, Cláudio e Leonardo Villas-Bôas.

Como gostava de fazer, Luciano, naquele dia, apareceu de surpresa para buscar a namorada no colégio. Ultimamente, viam-se pouco, em decorrência dos desentendimentos sobre indígenas. Janaína estava arredia, havia rejeitado vários encontros. Mas, agora, Luciano estava ali, e ela não teria como fugir.

Quando ela apareceu na porta da escola e viu o namorado, fechou o cenho.

– Muita cara de pau a sua, hein, Luc?!

Mas ele, como tinha o dom de tirá-la do sério, também tinha o de acalmá-la. Reiterou que as pessoas pensavam e repensavam as coisas. Ele havia feito isso e chegara à conclusão de que a namorada estava certíssima. E queria ajudá-la a resolver toda aquela problemática indígena em que ela se envolvera.

Aos poucos, a raiva de Janaína arrefeceu. Luciano era tão fofo! Ela sorriu para ele.

– Vem, *amore*, meu carro tá ali na esquina – disse o namorado, estendendo a mão para ela.

A caminho de casa, Janaína contou sobre o contato do Kunity.

– *Top, top, amore!* Agora vai!

Janaína riu do jeito de Luciano. Passou a mão nos cabelos dele.

– Tá suando, Luc!

– Claro! Fui ao banco pra minha mãe. Fiquei décadas debaixo do sol. A fila tava tão grande que me sentei num banco, na porta do banco.

Ainda bem que Luciano ia ser historiador, porque, se fosse repórter, estaria perdido. Confuso demais com as palavras, pensou Janaína, enquanto ele estacionava o carro à porta do edifício dela.

– Que tal um cineminha à noite, *amore*?

Janaína aceitou.

– Pego você às sete! – Luciano, da janela do carro, soltou um último beijo e zarpou.

Jade não havia se comunicado. Certamente não devia ter recebido retorno do indígena, supôs Janaína.

A colega de classe de Janaína, cujo pai tinha uma agência de turismo, havia levado vários fôlderes de excursões e distribuído entre os colegas. Um deles chamou a atenção de menina: excursão de uma semana para o Amazonas, incluindo visitas a lugares históricos de Manaus, observação do encontro das águas dos rios Negro e Solimões e passe concedido pela Funai para uma visita ao Parque Indígena do Xingu. Como seria bom se ela pudesse ir! Uma viagem inesquecível, mas que provavelmente não lhe traria as respostas de que precisava. Era possível, antes, que viessem do indígena Kunity.

Bastou lembrar-se do indígena e chegou um recado de Jade: Kunity havia mandado um áudio em resposta ao pedido dela. Combinaram de se falar à noite. Jade ligaria para ele assim que chegasse em casa.

Mesmo sozinha, Janaína bateu palmas de alegria. Que maravilha! Ligou para a mãe. Precisava dividir as boas-novas com alguém. Lucélia vibrou junto. Mas guardava também uma surpresa para a filha.

Andava muito envolvida com o coronavírus. Para desanuviar os pensamentos, tinha mergulhado na busca de informações sobre os sonhos de Jana.

– Aquelas imagens dos seus sonhos, filha: um com a árvore, outro sem. Encontrei os dois. O primeiro, da rocha com a árvore, um antiquíssimo angelim-vermelho, numa reportagem antiga do nosso jornal. E o da rocha com um buraco, em outra matéria, mais atual, sobre madeireiros do Amazonas.

Janaína ouvia as descrições feitas pela mãe, mas não tinha coragem de lhe perguntar sobre o desenho na rocha. Lucélia, no entanto, pareceu ter captado a pergunta da filha. “E o desenho do fio com dois pingentes aparecia nas rochas das duas reportagens”, disse ela.

– Onde, mamãe? Onde é esse lugar? – Janaína andava pela sala.

A mãe prometeu tirar cópias de ambas as reportagens e levar para casa. Ao desligar o telefone, porém, enviou por escrito a resposta que Janaína pedira.

Mamis

Jana, segue o que me perguntou.
O município de Peixoto de Azevedo, às margens do rio de mesmo nome, é do tempo da abertura da rodovia Cuiabá-Santarém, década de 1970. Nessa época, lá viviam os indígenas panará, conhecidos também como crenacore, que depois foram expulsos da região.
Ambas as reportagens com as fotos da rocha foram feitas na floresta, perto de onde, hoje, está a cidade de Matupá, no Mato Grosso.
Até mais tarde, minha linda! 💜

Ela e Jade tinham procurado tanto imagens com o desenho do fio com dois pingentes, pensava Janaína. Vasculharam até mesmo os trabalhos do historiador sueco. Como não haviam pensado em falar com a mãe! Janaína ficou na dúvida se, naquele momento das pesquisas, elas já haviam contado para Lucélia a história toda. Achava que não.

Mas constatou como era bom se comunicar, juntar conhecimentos, aceitar a ajuda das pessoas. Desde que a família havia se unido, com Luciano, o fio da meada foi se desenrolando tão depressa!

Já havia encontrado uma pista para o local daquela rocha do sonho. Logo mais, quando a irmã chegasse, telefonariam para Kunity. Estava esperançosa de que ele conseguiria traduzir as palavras do ancião.

Pouco antes das 19 h, Luciano chegou à casa da namorada. Aquela noite seria deles, sem indígenas no meio. Só ele e ela, seu *amore*, seus olhos de jabuticaba. Assistiriam ao filme que ela escolhesse. Os dois juntinhos. Ele compraria o maior pacote de pipoca e, daquela vez, fazia questão, pagaria os ingressos dos dois.

Mas foi somente quando o porteiro avisou da chegada do rapaz que Janaína se lembrou do encontro e do plano de ir ao cinema, tão inebriada estava com as novidades. Pediu que ele subisse.

Luciano exultou ao ver o semblante alegre da namorada. Ela também estava ansiosa pelo programa a dois, imaginou ele. Janaína abraçou e beijou o namorado, chamando-o de "gatinho".

– Luquinho, você não sabe o que aconteceu!

Luciano estacou. Ele estava feliz com o que esperava que fosse acontecer; Janaína, com o que havia acontecido. Sem coragem de perguntar o motivo de todo aquele deleite, deixou que a namorada continuasse.

– Lembra do Kunity, o indígena que a Jade esperava retorno?

Luciano confirmou apenas com um movimento de cabeça.

– Então, amor, ele mandou um áudio. Marcou de falar com a Jade logo mais. Não tô nem acreditando! Não é demais, Luquinho?!

Sem tempo de dizer algo, Luciano viu Jade entrar em casa.

Ao ver o sorriso da irmã, pediu mais um pouco de paciência. Precisava urgentemente de um banho. Logo após, ligariam para Kunity. Jade beijou o casal de namorados e foi para o quarto. Janaína também beijou Luciano, mais uma vez, tão feliz estava.

Nesse ínterim, Lucélia chegou. Logo em seguida, Marco Aurélio.

– Cadê, cadê, mamis, as reportagens?

Lucélia tirou da pasta de trabalho as cópias que havia feito, abrindo-as sobre a mesa de jantar.

Janaína e o pai, que só ficou sabendo da novidade naquele momento, debruçaram-se sobre elas.

Oportunidade de dizer algo Luciano não tivera. Cinema com seu *amore*, os dois juntinhos, nem pensar! As vozes da sogra, do sogro e da namorada soavam alto, feito clarins de guerra, ao redor da mesa. Tinha, mais uma vez, perdido a batalha para os indígenas.

Mas aquilo não ia ficar assim, não! Luciano decidiu. Seguiu para a mesa de jantar, abraçou a cintura de Janaína e se embrenhou na floresta, para ver as reportagens com ela.

22

Kunity Panará era professor de crianças na aldeia Nasepotiti, às margens do rio Iriri. Ensinava jê, a língua mãe dos panará, e também português. Um homem do presente, sem, no entanto, ter se desconectado do passado. Cultuava e praticava todas as tradições da aldeia. Sabia de cor as histórias, as lendas, os ritos panará.

Aquele era o dia de trazer a anta abatida para a aldeia. Um ritual passado de pai para filho, havia muitos anos.

A anta era um animal muito pesado. Por isso, quando um panará matava uma delas, todos os outros homens da aldeia seguiam para a floresta, para ajudar a carregar o animal. De dois em dois, iam apoiando nos ombros os pés da caça e revezavam-se nessa tarefa até chegarem à aldeia, onde a anta era depositada em um arranjo de folhas de palmeira. Então, os indígenas cantavam, agradecendo por mais aquele presente da floresta.

Kunity estava lá, no centro da aldeia, mostrando aos alunos a anta abatida. Os meninos sabiam que, um dia, quando fossem adultos, também ajudariam a carregar a presa.

Passado e presente fundiam-se, naquele dia, para o indígena. Saía de um ritual para aguardar a chamada de uma moça de nome Jade, moradora da maior cidade do Brasil. Uma selva muito diferente da dele – a selva de pedra.

Quando Jade voltou para a sala, encontrou a família debruçada sobre a mesa de jantar.

– Olha só o que a sua mãe encontrou, cunhadinha! *Top! Top!* – O futuro historiador já se imaginava indo até Peixoto de Azevedo para procurar a rocha com Janaína.

Jade também se impressionou com o achado da mãe. Se não era uma materialização do sonho da caçula, sem dúvida o tornava mais crível. Janaína, ao ver a irmã, imediatamente recordou-se do telefonema.

– Vai ligar agora, mana?

Jade confirmou, já se dirigindo a um canto mais tranquilo da sala.

Jana e Luciano a acompanharam.

– Kunity? Sou Jade.

Lucélia e Marco Aurélio, em silêncio, também se aproximaram.

Jade conversou algum tempo com o indígena. Contou o princípio da história, inclusive a informação da antropóloga, de que o ancião do sonho de Janaína devia ser da etnia panará. Kunity ouvia com atenção.

– Jade, mande por escrito o que o indígena disse para sua irmã.

Janaína entregou seu caderninho para Jade, que digitou: "Repisari quem tomapanjo".

Silêncio de um lado da linha; do outro, expectativa.

– Essa frase... O correto deve ser assim – disse Kunity, e então digitou: *Rê pjâri kjên Tomapã jõ.* – Língua jê panará. Minha língua. Na sua língua, significa: "Encontre a pedra do pajé".

Os olhos de jabuticaba de Janaína marejaram. Era um pedido de ajuda para ela.

Jade ouviu a voz de Kunity perguntando se tinham o desenho da pedra. No mesmo instante, enviou-lhe a foto que tinha mandado também para a antropóloga.

– É a pedra do amuleto do pajé. Sumida faz muito tempo! O último que usou... – Kunity soluçou.

– Kunity! Kunity! – Jade chamou, em vão.

Janaína pegou o celular da mão da irmã. Afinal, era dela aquela história!

– Kunity, aqui é a Janaína. Fui eu que sonhei com o velho.

O indígena, voz embargada, só conseguiu dizer:

– Você sonhou com Yauapi – e desligou, antes de ouvir sobre os outros sonhos: a rocha marcada, a árvore, o buraco.

Jade arregalou os olhos. Tal como a irmã caçula, ela se lembrava de que Yauapi, de acordo com o que Flora havia contado, tinha sido o último pajé a usar o amuleto muiraquitã.

Janaína precisava saber mais sobre aquilo. Por que Kunity se emocionara tanto, a ponto de interromper a ligação? Ela quis retornar a ligação, mas Marco Aurélio se interpôs.

– Filha, se o Kunity desligou, teve os motivos dele. Não convém ligar de novo. Vamos dar o tempo dele. Tenho certeza de que entrará em contato novamente.

Lucélia, Jade e Luciano concordaram com Marco Aurélio. Algo havia acontecido na aldeia. Era melhor aguardar. Envolvidos com o telefonema, a tradução da frase e a emoção de Kunity, as reportagens que Lucélia trouxera jaziam sobre a mesa, caídas no esquecimento.

Luciano foi o primeiro a se lembrar delas.

– Meus familiares queridos... quer dizer, futuros familiares, mas já queridos...

– Luc, *please*, vá direto ao assunto – Janaína sorriu para o namorado.

Luciano comentou sobre suas suspeitas, após ter ouvido as informações de Kunity. O velho do sonho era o pajé Yauapi, o último, segundo Flora, a usar o amuleto. Pela frase dita para Janaína, estavam todos enganados; ele não pedia para ela procurar o paradeiro da pedra, mas mostrava, um pouco a cada sonho, onde a pedra estava.

Todos silenciaram para ouvi-lo.

– Continue, Luciano – pediu Marco Aurélio.

– Isso se confirmou pelos desenhos das reportagens que a sogrona... que a dona Lucélia trouxe – Luciano tentou se corrigir.

– Pode me chamar de sogrona mesmo, Luciano – Lucélia riu.

Então, o roteiro da busca deveria ser: estado do Mato Grosso, cidade de Peixoto de Azevedo, parte da Floresta Amazônica onde tinha havido desmatamento e presença de madeireiros, concluiu Luciano.

Jade aproveitou a deixa:

– Supõem-se que, caso tudo isso seja verdade e encontremos a tal rocha, pedra, amuleto e outros que tais, o tal Yauapi vai deixar de perturbar a Jana, e o sossego vai voltar a esta casa, não?

Janaína se perguntou por que a irmã queria estragar aquele momento tão importante para ela.

– Será possível que você ainda não acredita nos meus sonhos, Jade?

– Como posso? Não é só com descendentes de indígenas que os próprios se comunicam? Você é? Nem eu. Então, isso tudo é balela! Não se fala em outra coisa aqui em casa! Para mim, já deu! – Jade saiu da sala, deixando todos pensativos.

Luciano também foi embora. A casa adormeceu. No silêncio do quarto, Janaína procurava respostas. Por que ela, Yauapi?

23

Toriaua acorreu ao ver o filho desligando o telefone. Kunity havia comentado que aguardava o telefonema de uma moça de São Paulo, que ele nem conhecia. Toriaua tinha observado, à distância, a longa conversa, mas não o seu conteúdo. Aproximou-se.

Kunity, sentado no mesmo banco onde antes conversara com a moça, tinha agora a cabeça baixa e o semblante comovido. Manuseava aleatoriamente o celular.

– Era ele, pai. Era meu avô, no sonho de Janaína.

Toriaua sentou-se ao lado do filho. Pediu que contasse tudo o que conversara com a moça distante. Ao término do relato, pai e filho se abraçaram.

"*Rê pjâri kjên Tomapã jõ*, encontre a pedra do pajé", Toriaua repetiu, comovido, olhando o desenho da pedra no celular do filho.

– Tanto que procurei a pedra e não fui capaz de encontrar! Meu pai, Yauapi, buscou alguém capaz de entender seu pedido. E encontrou Janaína, tão diferente da nossa gente, que vive num lugar tão distante do nosso.

Kunity pôde sentir a comoção do pai, o pajé que deveria receber a pedra com o amuleto. Porém, até aquele momento, só sabia que Yauapi havia se comunicado com Janaína, pronunciado a frase e mostrado a pedra. Jade contara que tinha havido mais dois sonhos. Mas ele não tinha sido capaz de ouvir mais nada. Caíra em pranto e desligara.

Sabia que precisava retornar a ligação para Janaína. Devia uma explicação a ela, por ter desligado o telefone de súbito. Também queria saber dos outros sonhos. Quem sabe Yauapi, como mostrara a pedra e pedira ajuda, tivesse também mostrado onde encontrá-la. A emoção ainda tomava o coração de Kunity. Não conseguiria falar mais sobre seu avô naquele momento. Esperaria pelo dia seguinte.

Era Janaína o elo daquela história. Mas ele só tinha o celular de Jade.

Lucélia amanheceu cansada. Tinha sido uma noite de vigília. Repetia a mesma pergunta que Janaína se fizera: por que o indígena estava se comunicando com a filha? Janaína estava envolvida demais com tudo aquilo. Nada mais importava para ela. Lucélia chegara a pensar em buscar auxílio de um psicólogo – até que encontrou as duas reportagens. E agora ainda havia o nome Yauapi, que se juntava com as informações fornecidas pela antropóloga.

Jade também vinha deixando Lucélia preocupada. No início dos sonhos da caçula, ela se mostrara solícita, interessada em ajudar. Paulatinamente, no entanto, Lucélia viu a filha mais velha se enfastiar de tudo aquilo. Ora tentando ainda ajudar, ora desdenhando, como na noite anterior. Pelo que Jade dissera, não ia mais compactuar com Jana. E as filhas tinham sido sempre tão unidas!

Era muito cedo. Marco Aurélio ainda dormia. Lucélia foi até a sala e acessou o *site* da *Folha Diária* no celular. Deparou com a coluna da amiga Paula, falando das notícias falsas sobre a covid-19.

FOLHA DIÁRIA

Fake news sobre a covid-19 se espalham pela rede

Paula Vilela – Bióloga e colunista da *Folha Diária*

Notícias falsas têm mirado, atualmente, o novo coronavírus. E uma organização internacional de verificação de fatos vem lutando para desmenti-las.

A Organização Mundial da Saúde (OMS) vem tratando as *fake news* como "infodemia": uma epidemia de desinformação. Os tópicos associados à covid-19 que têm sido transformados em notícias falsas referem-se às formas de propagação e aos métodos de cura. Veja alguns exemplos que beiram o surreal:

- Estourar plástico bolha pode expor as pessoas ao coronavírus.
- Urina de vaca é um excelente remédio contra o coronavírus.
- Consumidores de carne bovina seriam imunes ao novo coronavírus. Isso explicaria o porquê de o vírus ter se espalhado na China, justamente pelo baixo consumo de carne entre a população.
- Secador de cabelo é ótimo para a prevenção do coronavírus, por causa da alta temperatura. A recomendação é que a população coloque o secador em direção ao nariz por, pelo menos, cinco vezes ao dia.

O vírus não chegou ao Brasil, mas, se aportar por aqui, cuidado com o que ouvir ou ler! Informe-se antes de acreditar e compartilhar informações inverídicas!

O pensamento de Lucélia, já tão anuviado, piorou com a lembrança daquele vírus. Que providências ela deveria ou poderia tomar sobre todas aquelas preocupações?

Marco Aurélio apareceu na sala e encontrou a esposa taciturna, com a tela do celular aberta na página das *fake news*. Ele percebeu a noite insone que ela tivera.

Quanto ao vírus, ele nada podia fazer senão rezar para que não se alastrasse até o Brasil.

Já naquilo que dizia respeito à sua áurea dupla, Marco Aurélio se uniu a Lucélia nas preocupações dela. Juntos eles eram mais fortes.

Às 10 h da manhã, o celular de Jade deu sinal de que uma nova mensagem havia chegado. Era de Kunity, que lhe pedia o número do celular de Janaína.

E foi então que um sentimento tacanho se apossou dela. Jade nunca tivera ciúme da irmã. Pelo contrário, ela sempre fora o centro das atenções. A aluna mais brilhante, caloura da USP aos 17 anos, advogada que se tornava mais sagaz a cada dia, um exemplo para Janaína. Mas aqueles sonhos da irmã tinham mudado tudo.

Havia meses, Jade estudava um intrincado caso de estupro de menor. Sabia-se quem era o culpado, mas não havia provas. Marco Aurélio acompanhava as investigações e os estudos da filha em busca das evidências. O caso poderia ser mais um a cair no esquecimento. Mas Jade insistia. Tinha certeza de que poria o criminoso na cadeia.

Janaína também acompanhava os passos da irmã naquele caso, até ter o malfadado sonho com o indígena. Então, tudo se alterara. Até a amorosa relação entre elas.

Passar o dia escarafunchando os passos de um bandido era como mergulhar de cabeça em um atoleiro. Mas, à noite, quando chegava em casa, Jade sentia toda a tensão esmaecer. Mas agora tudo girava em torno do indígena, da pedra, dos sonhos. E a realidade da miséria humana, onde ficava? Não era só indígena que sofria.

24

Kunity tentou muitas vezes falar com Jade, mas, naquela manhã, não logrou sucesso. Toriaua cobrou dele o contato com as irmãs. O filho devia desculpas, e ele queria saber mais detalhes da comunicação de Yauapi. Teria seu pai mostrado o paradeiro da pedra?

Tantas recordações do pai vieram à tona! Yauapi sempre tinha sábias palavras para dizer. Conhecia a fundo a floresta, os rios, os ritos, os perigos. Seu maior medo era que Pakyã' Akriti chegasse. Não viveu para ver. Morreu aos pés da aldeia, levando com ele o segredo do desaparecimento da pedra do amuleto, que parecia emergir, agora, por meio daquela menina branca chamada Janaína.

Jade só respondeu a Kunity no final da tarde. Fora suscinta: "o celular da Janaína é este". Escreveu o número e desejou-lhe boa sorte.

Na hora do jantar, sentou-se à mesa com a família, mas não tinha fome. Alegou cansaço, pediu licença e foi para o quarto. Uma ideia rodeava seus pensamentos, como um redemoinho. Abriu a gaveta da cabeceira da irmã, pegou as folhas das reportagens que a mãe havia trazido e fotografou-as.

Janaína, em vão, esperou uma notícia de Kunity. Jade não havia dito nada. Preocupada, foi para o quarto e abordou a irmã. Não era possível que o indígena não se conectasse mais. Ele precisava saber dos outros dois sonhos. Afinal, eram mais importantes que o primeiro. Luciano estava certo ao dizer que Yauapi não pedia para ela achar o esconderijo, mas sim que o mostrava-o a ela. Janaína também queria saber o porquê da emoção de Kunity, a ponto de fazê-lo chorar.

No quarto, a irmã lia. A porta se abriu, de supetão, e Janaína irrompeu:

– O Kunity já se comunicou, Jade?

– Dei seu celular pra ele – disse a irmã, lacônica. – Afinal, é com você que ele quer falar, não é?

– Então me dá também o número dele. Se o Kunity não me ligar, eu ligo.

Jade jogou o telefone dela na cama da irmã.

– É esse número aí.

Sem tirar os olhos do que lia, Jade desbloqueou o celular e deu para Janaína procurar o contato do indígena.

– Até quando vai ficar de cena muda comigo, Jade? Tô desconhecendo você.

A irmã fechou o calhamaço que lia.

– Você faz ideia do que se trata isto que estou lendo?

Janaína negou.

– O processo do delinquente, do estuprador de menor, que ainda não conseguimos pôr na cadeia. E, se isso não acontecer, outras menores estarão à mercê dele. Mas você nem imagina o que seja isso, não é, Jana? Agora, só tem os olhos voltados para os indígenas, só ouve as vozes do além.

Janaína copiou no seu próprio celular o número de Kunity. Teve vontade de beijar a irmã, mas refreou-se. O sentimento humano era uma linha tênue, mas Janaína não queria que se rompesse, entre ela e Jade. Tudo entraria nos seus eixos, queria acreditar nisso.

Eram quase 9 h 30 quando Kunity ligou para Janaína, que não respondeu à ligação. Estava em plena aula de Biologia. Na sala, debatiam sobre as Ciências da Natureza e a produção de tecnologias de defesa: que havia milhares de compostos de carbono, ou substâncias orgânicas, presentes na natureza; em rochas, em minerais, nas plantas e dentro do nosso próprio corpo. Todas as formas de vida conhecidas, incluindo os humanos, continham, obrigatoriamente, o carbono na sua constituição.

O carbono, junto ao oxigênio, formava o dióxido de carbono (CO_2), essencial para o crescimento das plantas. Quando havia uma queimada na floresta, a quantidade de dióxido de carbono liberada era imensa, aumentando, assim, o aquecimento global.

Sempre com a cabeça nos indígenas, Janaína estava envolvidíssima com aqueles assuntos. Como ela sabia, havia um perigoso vírus vagando pelo exterior. Pelas reportagens, ser humano nenhum estava preparado para combatê-lo, muito menos os indígenas. Enfim, com o aparelho de celular apenas no modo de vibração, e interessada na aula, Janaína só foi ver a chamada de Kunity no intervalo.

Ela sabia que o assunto seria longo. Tinha coisas ainda a contar e outras que queria saber. Melhor seria esperar o término das aulas. Mas não resistiu. Retornou a chamada.

Kunity atendeu, de imediato.

O sinal para a volta à classe tocou, duas aulas se seguiram a ele. Mas Janaína não retornou com os demais alunos. Ao terminar a conversa, a emoção tomara conta dela.

Então Kunity era neto de Yauapi. Um dia, o muiraquitã verde deveria ser dele. Mas, naquele momento, era seu pai, Toriaua, o detentor.

O indígena desligou o telefone, assombrado com toda a história. Sabia, agora, onde procurar o amuleto por que ansiavam havia anos. Janaína mandara as fotos das reportagens da mãe. Toriaua devia saber o local daquela rocha com o símbolo da flor do urucum, uma vez que passara grande parte da vida às margens do rio Peixoto de Azevedo.

Assim que chegou ao escritório, Jade enviou para Flora as fotos que tirara das reportagens da *Folha Diária*. Explicou em detalhes tudo o que a antropóloga ainda não sabia. Se a esposa do amigo se interessasse pelo assunto, certamente se comunicaria com o Iphan de Manaus. O pensamento de Jade sobre a aventura paranormal da irmã oscilava entre um momento e outro: ora acreditava em Jana, ora julgava que a irmã só podia estar enlouquecendo. Mas, de uma forma ou de outra, queria que aquela história da pedra se encerrasse de vez e que pusessem outra pedra naquele assunto.

Na porta do colégio, Luciano esperava pela namorada. Dessa vez, não era surpresa. Haviam combinado. Tomariam um lanche juntos; depois, iriam a uma exposição de arte indígena.

Janaína apareceu no portão com os olhos vermelhos que, ao verem Luciano, se iluminaram. Ele, naquele momento, era um porto seguro. Um cais onde ela podia atracar seu barco sem nenhuma preocupação maior. Seu Pantera Negra, sempre pronto para defendê-la.

Abraçou o namorado e deixou-se abraçar por ele. Nada poderia atrapalhar o passeio que haviam combinado fazer. Pelo contrário: Janaína queria o namorado a seu lado para dividir com ele o que acabara de saber de Kunity.

Ao olhar para ela, só um pensamento envolveu Luciano: ele amava Janaína, sua Branca de Neve.

25

Ao receber as fotos que Jade havia mandado, Flora se impressionou. Elas corroboravam as imagens dos sonhos que, segundo a colega do marido, Janaína tivera.

Como havia dito o professor de Luciano, Flora também desconhecia essa faceta de os indígenas conseguirem se comunicar com os vivos após a morte. Mas era o que parecia estar acontecendo.

Sem mais perda de tempo, a antropóloga consultou seus superiores do Iphan. Nenhum deles tinha ouvido falar daquela característica indígena. Deveria ser um segredo dos povos nativos.

Mas os sonhos que interagiam com informações jornalísticas não podiam ser deixados de lado, principalmente se tratando de indígenas. Uma averiguação precisava ser feita.

Flora teve carta branca para se comunicar com a superintendência do Iphan de Manaus, perto de onde, segundo atestavam as reportagens, se encontrava aquela rocha com o desenho da flor do urucum. Eles saberiam dar andamento ao assunto.

Toriaua vibrou ao ouvir o relato do filho e ver as fotos mandadas por Janaína. A árvore da primeira foto, ele tinha certeza, era um angelim-vermelho. Tão alta e copada! Havia exemplares dessa espécie que chegavam a mais de 80 metros de altura. Árvores tão duras de cortar! E mesmo assim os madeireiros as derrubavam, deixando uma ferida na terra.

Perto da antiga aldeia panará, nas margens do Peixoto de Azevedo, havia muitas delas. Toriaua lembrou com carinho de quando ia caçar, acompanhado do pai. Depois, paravam para descansar à sombra dos angelins. Passara tanto tempo se perguntando onde Yauapi teria escondido a pedra do amuleto. Sabia que o pai tinha a intenção de fazê-lo, pois sempre achou que os panará seriam despojados de suas terras e tradições. Antes, precisava esconder o amuleto do pajé. Tinha esperança de que, um dia, a paz voltaria a reinar e alguém encontraria o talismã e o devolveria a quem pertencia de direito.

Agora, Toriaua descobrira por que não encontrara a rocha marcada pelo pai. Nunca mais fora naquelas paragens, perto dos angelins. Era muita recordação, muita saudade de Yauapi. Mas as fotos que Janaína mandara mostravam o lugar.

Fazia muito tempo que Toriaua ansiava por levar o muiraquitã pendurado ao pescoço. E, mais ainda, por saber que Kunity, um dia, faria o mesmo.

Pedia aos deuses que os protegessem e que fossem os panará a encontrar a pedra do amuleto.

Lucélia, como era seu costume ao amanhecer, abriu no celular o *site* da *Folha Diária*. Suas preocupações a respeito da epidemia do coronavírus continuavam. Notícias e mais notícias sobre a covid-19 pipocavam na tela do seu celular. Naquela manhã, o jornal trazia:

A epidemia do coronavírus continua a se espalhar rapidamente pela Europa. Itália e Espanha são os países mais afetados. Mas Portugal, França e Alemanha também já aparecem na rota do vírus. Por lá, museus, praças, parques e todos os locais públicos estão fechados à visitação. E os moradores não podem sair de casa.

Citam-se esses cinco países, mas sabe-se de casos em toda a Europa. Sendo assim, em breve a epidemia se tornará uma pandemia e, ao que tudo indica, atingirá todos os continentes.

– De novo com isso, Lucélia? – Marco Aurélio beijou a esposa.

– Viu a reportagem? Fatalmente, o vírus vai chegar ao Brasil, Marco.

O marido deu um suspiro. Provavelmente era o que aconteceria, mas o que poderiam fazer naquele momento?

Marco Aurélio, assim como Jade, era muito prático; preocupava-se com o que acontecia, não com o que poderia acontecer. Quando o vírus atravessasse a fronteira brasileira, eles seguiriam à risca os protocolos impostos. Por ora, no entanto, ele ansiava por um café e um dia de trabalho proveitoso.

Ofereceu-se para deixar Lucélia no jornal. No fim da tarde, iria buscá-la. A esposa estava tensa; era melhor que ela não dirigisse.

»

O passeio de Janaína e Luciano, na tarde anterior, tinha sido incrível. Ela contara a ele todo o conteúdo da conversa que tivera com Kunity. O indígena havia dito que seu pai, Toriaua, certamente conhecia aquele lugar da rocha desenhada. Contaria tudo a ele e, depois, voltaria a se comunicar com ela.

Luciano se empolgara com aqueles novos acontecimentos e achava que logo o muiraquitã estaria outra vez com os panará. Afinal, só eles e, agora, Kunity tinham visto aquelas fotos – com as mesmas imagens dos sonhos.

Felizes e cúmplices, Janaína e Luciano haviam apreciado a exposição indígena e agora se deleitavam com uma agradável surpresa: a apresentação musical de um grupo da etnia aruaque.

Enquanto assistia à dança, Janaína comentara com Luciano uma reportagem que lera a respeito do Teatro Amazonas: casa de espetáculo construída em Manaus na época do Ciclo da Borracha. Haviam se passado 121 anos até uma indígena poder se apresentar no palco daquele teatro, construído com o trabalho deles e a partir de seus infortúnios.

Muita injustiça, ingratidão, desprezo! Uma insensatez imensurável, que se estendia desde o descobrimento, ou invasão, do Brasil. Pois ninguém descobre um lugar que já está descoberto. Ninguém pode se apossar de um lugar que já tem dono, como haviam constatado os irmãos Villas-Bôas na época da Operação Roncador-Xingu.

"Águas passadas não moviam moinhos", como rezava o ditado, mas as águas do presente poderiam e deveriam mudar a qualidade de vida dos indígenas no Brasil.

Janaína queria fazer sua parte. Quando os panará encontrassem o amuleto e Toriaua se tornasse pajé, ela poderia dormir em paz.

»

Aquele dia de trabalho exaustivo já deveria ter se encerrado, mas Jade, em meio a outros processos, continuava sua jornada em busca de provas para o caso do estuprador. Quando, enfim, começou a organizar a mesa para ir para casa, foi surpreendida por um e-mail do Iphan que acabara de chegar em sua caixa de entrada. Flora dava notícias do caso das fotos.

A antropóloga contava ter se comunicado com a unidade manauara do Iphan e, naquele mesmo dia, recebido o retorno deles. Tinham achado o caso fantasioso, mas, em vista das reportagens comprobatórias, estavam estudando um meio de enviar pessoal especializado em paleontologia para explorar o local. Isso deveria acontecer nos próximos dias. Flora dizia ainda que, caso o amuleto fosse encontrado, seria de grande valia para a história do Brasil.

Uma sensação ruim, de traição, apossou-se de Jade. Nem passava pela cabeça da irmã que as fotos das reportagens, naquele momento, circulavam pelo Iphan de Manaus. Mas era preciso dar um basta naquela história. Era possível que tudo não passasse de paranoia de Janaína. Mas, se não fosse, o objeto histórico era, de direito, do Estado.

Com o coração apertado, Jade pegou seus pertences e seguiu para casa.

26

A aldeia panará amanheceu agitada. Toriaua arregimentava alguns homens, os mais aptos para a marcha e com braços fortes para escavar. Iriam fazer o caminho contrário do que ele havia feito quando tinham partido em busca da cachoeira da Jacutinga e encontraram aquelas terras em que viviam agora.

Ele mesmo não acompanharia o grupo. Era um ancião de 80 anos, não tinha mais o passo firme. Poderia dar trabalho aos irmãos. E aquela empreitada era importantíssima, nada poderia atrapalhá-la. Kunity iria em seu lugar. Afinal, quando Toriaua fechasse os olhos, era Kunity quem seria o pajé, o dono do talismã.

Escolhidos os homens e preparados alguns cestos de alimentos, Kunity partiu da aldeia em direção às margens do rio Peixoto de Azevedo, ou do que restava delas. Seguiam rumo à cidade de Matupá até o berço dos angelins-vermelhos, onde a rocha com o desenho do urucum esperava por eles.

Levavam esperança no peito e a mesma coragem de sempre dos gigantes do norte.

Ainda era madrugada quando Janaína recebeu um recado de Kunity. Partiam da aldeia em busca da rocha. Instintivamente, ela cruzou as mãos e pediu a Yauapi que protegesse o grupo. Era o desejo do velho pajé que tomava forma, tornava-se realidade.

Jade dormia na cama ao lado; tão perto, tão longe. Janaína quis dividir com ela a informação de mais aquela cruzada que os panará iniciavam, mas não teve ânimo. A irmã não queria mais ouvir falar daquela história. Não acreditava nela.

Por onde andava aquela Jade companheira, amorosa, sempre preocupada com ela? Lidar com crimes, estelionatos e estupros não devia ser fácil para a irmã. Mas a realidade da miséria humana, como tinha dito ela, também incluía os indígenas. Talvez mais até que aos outros; pois vinha de outrora. Eles também haviam passado por assassinatos, torturas, estupros de menores, como na época da construção da estrada Transamazônica.

Janaína guardou para si aquela última informação de Kunity. Ao amanhecer, ela a dividiria com Luciano e com a mãe. Quanto ao pai, ela não estava muita certa de que ele acreditava em sua história. Marco Aurélio era sempre o mediador das situações da casa. O apaziguador. E, como Jade, era advogado. Se tivesse de escolher, defenderia a entrega dos objetos históricos ao Estado. Mas só os panará sabiam o local da rocha. Seriam eles a encontrar a pedra do amuleto.

»

Um turbilhão de sentimentos se misturava no âmago de Jade. Não conseguira se concentrar no trabalho daquela manhã. Havia acordado, de madrugada, com o ruído da chegada de um recado no celular da irmã. Por que Janaína não desligava o som do aparelho quando ia dormir? Jade, porém, nem sequer abrira os olhos. Não queria saber do que se tratava. Janaína e seus contatos imediatos indígenas não importavam mais para ela.

Mas a manhã se arrastou bem conturbada, e Jade não tolerou mais. Ligou para o pai. Queria almoçar com ele, dividir sua angústia, que ela já não sabia mais de que se tratava: se do caso do estupro ou do remorso familiar.

»

Marco Aurélio chegou pontualmente ao local combinado com a filha. Vinha preocupado. Percebera na voz dela o desassossego.

Jade entrou no assunto do delinquente estuprador.

– Sabe o que mais me consome nesse caso, papai? É que o réu vem de família poderosa, financeiramente falando. Parece que tudo conspira em favor dele. Vista grossa, sabe? Sinto que só eu estou interessada em colocar o crápula na cadeia e defender a vítima.

O pai observava o movimento nervoso das mãos da filha.

– Nós somos advogados, Jade, e sabemos que existem vários preâmbulos nas leis. Várias fendas. Bem como existem pessoas torpes em qualquer profissão. Parece que é isso o que está acontecendo nesse caso que você investiga.

Jade sentiu-se aliviada. Pelo menos o pai compreendia as conclusões a que ela chegara e que não tinha como cobrar dos superiores. Havia pouco, fora admitida na Lumi Advocacia. Por isso se empenhava tanto no caso. Só com provas irrefutáveis e substanciais conseguiria vencer.

Ainda assim, um silêncio se instalou entre pai e filha.

– É só o trabalho que preocupa você, Jade? – Marco Aurélio segurou a mão dela. Viu os olhos da filha marejarem.

E Jade contou o que havia feito em relação à história da irmã.

– O Iphan de Manaus já se pronunciou. Vai enviar gente especializada para, hipoteticamente, encontrar a pedra com o talismã.

Marco Aurélio se espantou com a atitude de Jade. Por um lado, ela estava certa. Objetos históricos pertenciam ao Estado. Mas, por outro, Jade havia feito tudo à revelia de Janaína. Isso não combinava com o sentimento amoroso e cúmplice que as filhas sempre haviam tido.

Ante o silêncio do pai, a angústia se avolumava no coração de Jade.

– Fiz mal, papai?

Transparência e lisura nos atos eram deveres do ser humano. O Estado deveria ser o detentor de todos os objetos históricos encontrados. Mas, naquele momento, lidavam com uma relíquia indígena. E o que o Estado havia feito por esses povos, a não ser roubar, matar, torturar, arrancar suas raízes?

Lucélia havia contado ao marido que Janaína se comunicara com Kunity. Ela havia mandado as mesmas fotos que estavam no

Iphan. Os panará provavelmente deveriam estar a caminho, em busca do seu tão desejado e esperado tesouro.

Como agir num caso como aquele? Com a razão, torcendo para que o Estado, por meio do Iphan, confiscasse o amuleto? Ou com o coração, ignorando as leis e almejando que os panará, dentre tantos sofrimentos que haviam passado, tivessem uma realização maior?

Jade baixou a cabeça. Afinal, omitir não era o mesmo que mentir. Devia ter se calado, deixado correr em paz o curso do rio. Mas era tarde. A sorte estava lançada.

27

O caminho feito a pé até Matupá era longo. Mas Kunity e seus irmãos da aldeia iam firmes: eram fortes e estavam no limiar de alcançar seu objetivo, há tanto tempo esperado.

Quando o muiraquitã verde, em forma de sapo, estivesse no pescoço de Toriaua, a vida na aldeia ficaria mais fácil. O espírito da floresta lhes traria caça abundante e o do rio fartura de peixes. O pajé voltaria a escutar a flauta do Jakuí, que outra vez seria celebrado em festas.

Fazia calor. O sol, como uma rede de ouro movediça, cobria as copas das árvores.

A cidade de Matupá se avizinhava. Kunity decidiu que pernoitariam ali, abrigados pelo que ainda restava de árvores. Quando a aurora surgisse, retomariam o caminho. Não entrariam na cidade. Seguiriam por fora até encontrar o retiro dos angelins-vermelhos.

Mal amanhecera em Manaus, Severino, o paleontólogo designado pelo Iphan, já estava à frente do grupo que o acompanharia até as proximidades de Matupá, no intuito de encontrar, em meio ao que restava dos angelins-vermelhos, a rocha marcada com a flor do urucum.

O profissional levava na bagagem as cópias das reportagens da *Folha Diária*.

Matupá era uma cidade do Mato Grosso. Por esse motivo, a Funai havia disponibilizado um avião, para que o grupo, saindo de Manaus, chegasse ao Aeroporto Regional Orlando Villas-Bôas, em Matupá.

Ainda era cedo quando o avião pousou no aeroporto que levava o nome do famoso indigenista. Severino e o grupo foram ao encontro do coordenador técnico da Funai de Matupá, que disponibilizaria uma caminhonete da fundação para que eles seguissem até seu destino.

Uma aventura e tanto! Utopia, talvez. Mas, se realmente o talismã existisse, seria a maior descoberta da qual Severino já participara.

Toriaua confiava no triunfo da empreitada do filho. Yauapi protegeria o neto.

Quando o filho de minha avó Kussá se transformou em cobra, ela se multiplicou em não indígenas de pele branca. Os panará estavam tranquilos em sua aldeia, onde não havia nenhum não indígena. Mas aí, de repente, eles apareceram com sua estrada enorme, que passou bem no meio da antiga aldeia. As máquinas chegaram derrubando as matas e a Pakyã' Akriti nos enxotou.

Eram tantas as histórias que Yauapi contava sobre os não indígenas de pele branca! As víboras peçonhentas que só faziam mal. Mas agora não havia perigo. Ninguém, a não ser os panará e a menina branca, protegida de Yauapi, e sua família sabiam do paradeiro do amuleto. Kunity o traria de volta.

Lucélia, como Jade, trazia os pensamentos emaranhados. Era o tal vírus que lhe tirava o sono, a própria Jade que se voltara contra a irmã e andava taciturna, e a história mirabolante de Janaína, cada vez mais perto de se tornar real.

Naquele dia, Lucélia aguardava, junto com Luciano e a filha, o desenrolar da empreitada de Kunity, em busca da rocha marcada. Sentia-se feliz por ter podido ajudar. O indígena encontrar o talismã era o que mais queria. Janaína ficaria feliz e a vida da família Prioli Velásquez voltaria ao normal. Jade estava certa; era preciso pôr um ponto-final naquela história.

O mês de fevereiro já ia adiantado. A terceira série do Ensino Médio começava a exigir dedicação. Janaína, envolta naquelas peregrinações indígenas, não conseguia se concentrar nas aulas. Mas tentava. Sabia que era necessário. Luciano a advertia: vestibular não era uma empreitada fácil. Fosse o curso que escolhesse, sempre haveria a concorrência, principalmente na USP, onde a namorada tinha pretensões de entrar.

Naquela manhã, no entanto, seria impossível para Janaína se compenetrar nas aulas. Tinha a atenção voltada unicamente para os ruídos do aparelho celular. Kunity prometera se comunicar assim que tivesse novidades.

Ao término das aulas, ansiou por encontrar o namorado, de surpresa, para buscá-la, mas isso não aconteceu. Tomou o ônibus e ligou para ele.

Luciano ainda estava na faculdade. Ao ouvir a voz da namorada, empolgou-se. Certamente, ela ligava para dar notícias de Kunity.

– Fala, minha pombinha branca. Ele ligou?

Janaína se irritou. Em vez de o namorado ficar feliz por falar com ela, queria saber de Kunity.

– Não, até agora, nada. Estou tão nervosa, Luc!

– Nervosa por quê? Ninguém sabe de nada, a não ser eles e a gente. O que pode dar errado? O lugar onde está a rocha é no meio da mata. Lá certamente não tem sinal de internet. Não lembra quando a gente foi na aldeia da Môpea, que deu um nó na nossa cabeça?

Janaína ouviu o comentário confuso do namorado. Naquela explicação que ele dera, não dava para entender se havia sido a aldeia ou a Môpea a dar um nó em suas cabeças.

Mas Luciano estava certo; os panará teriam feito o percurso a pé, ainda precisavam encontrar a rocha e escavar, na tentativa de encontrar a pedra do amuleto. Ainda mais sem internet, não teria como Kunity se comunicar. Beijaram-se virtualmente, combinando de conversar mais à noite.

Paciência era uma virtude que, definitivamente, Janaína não tinha. Tudo para ela urgia. Mas, naquele momento, nada podia fazer a não ser esperar.

Vinte e quatro horas se passaram sem que Kunity desse retorno.

Janaína não cabia em si de tanta aflição. O que teria acontecido? Havia prometido se comunicar, tivesse encontrado a pedra ou não. Tomou coragem e ligou para ele. A ligação caiu na caixa postal.

De hora em hora, Janaína tentava contatar o indígena, e era sempre a mesma coisa: caixa postal. Decidiu, então, mandar uma mensagem para a irmã; quem sabe Kunity a tivesse procurado. Mas a resposta que teve foi negativa.

O dia chegava ao fim quando Jade recebeu um recado de Flora:

Flora (Iphan)
Tudo certo, Jade. As pedras foram encontradas. Os indígenas não queriam entregar, tentaram reagir. Mas tudo acabou bem. O Iphan está com os objetos e os indígenas foram presos por desacato. Amanhã dou mais detalhes. Bj.

A doutora Jade Velásquez, causídica, defensora das leis, perdeu o chão. Indígenas presos por lutarem por algo que lhes pertencia?! Quantas vezes já havia acontecido aquilo, no Brasil! Tinham perdido a vida, a honra, a terra. Sido obrigados a embotar as crenças, os mitos, as lendas. Agora, haviam perdido as pedras que eles tanto ansiavam encontrar. E ela era a única responsável.

Como contar aquilo para Janaína? Como reverter o caso? Como conseguir o perdão da irmã, que ela tanto amava?

28

Era noite. Toriaua entoava uma canção pedindo proteção ao filho e a seus irmãos panará que tinham partidos havia quase dois dias. Não haviam feito nenhuma comunicação. Era longo o caminho a pé, mas Kunity prometera passar por Matupá, quando retornassem. Dessa forma, teria sinal de internet para dar notícias.

A mata por onde eles passariam, assim como trazia em si tudo de que os indígenas precisavam para viver, também guardava muitos perigos; cobras, principalmente. Mas Kunity seguira apetrechado de tochas. E era conhecedor dos segredos da floresta. Yauapi, certamente, seguia junto, para proteger o neto.

Paciência e confiança. Esse era o mantra de Toriaua. Em breve, Kunity voltaria, trazendo o precioso talismã.

Ao ver a irmã chegar em casa, Janaína correu ao encontro dela. Sentia falta do contato próximo, de se abrir com ela.

– Sem notícias ainda, mana!

– Precisamos conversar, Jana – avisou Jade, abraçando amorosamente a irmã. – Coisas aconteceram, e a culpa foi minha.

Jade era a mais velha da áurea dupla, a mais centrada, a que sempre dera colo para Janaína. Mas era a sua hora de pedir o colo da irmã. Abriu seu coração, contou de suas atribulações no trabalho, mas que, absolutamente, não podiam ter passado para trás a importância da história de Janaína. Ela confessava; tivera ciúme, desacreditara a irmã.

Ao ouvir, em silêncio, tudo o que a irmã tinha para contar, o coração de Janaína se bipartiu. Uma parte foi até Kunity, preso por querer de volta o que era seu; a outra voou ao infinito, onde devia estar Yauapi. A pedra e o amuleto existiam, afinal!

Olhou para Jade, que chorava. Lembrou-se de uma passagem que lera sobre as impressões de Cláudio Villas-Bôas a respeito dos indígenas: que, ao contrário dos não nativos, eles buscavam o equilíbrio dentro de sua família e sua comunidade.

Janaína estava magoada com a irmã, mas abraçou-a. O amor que sentia por ela era muito maior que a raiva. Jade, enlaçada à irmã, desafogou toda a tensão e o arrependimento contidos.

Mas ainda precisavam fazer algo por Kunity e seus irmãos, todos presos. E, dessa vez, fariam juntas.

Paula, a colunista amiga de Lucélia, tinha notícias sérias a respeito da covid-19 naquela manhã. Em primeira mão, a *Folha Diária* reportava que o coronavírus havia chegado aos Estados Unidos no princípio do mês de fevereiro; porém, sem ser noticiado. Especulava-se que, no Brasil, naquele momento, o primeiro caso de contaminação também já havia sido confirmado.

Assim que chegou à redação do jornal para mais um dia de trabalho, Lucélia deparou com as palavras da amiga. Sentiu um gélido arrepio. Bambeou o corpo, numa tontura.

– O que foi, Lucélia? – perguntou Paula ao se dar conta da situação.

A colunista acudiu a amiga.

– Não sei dizer – respondeu. – Parece uma premonição.

Lucélia estava esgotada. Era Jade, que na noite anterior havia contado o que acontecera com Kunity. Era o marido, que já sabia sobre Jade ter escrito para o Iphan e omitira dela. E, agora, era o coronavírus no Brasil. Por que a existência daquele vírus a incomodava tanto?

A colega de trabalho sugeriu que ela voltasse para casa. Mas Lucélia discordou. Trabalhar faria bem a ela. Até porque queria entrar em contato com o Iphan de Manaus, em nome do jornal. Quem sabe pudesse fazer algo em favor de Kunity e seus companheiros.

A história da prisão dos indígenas também mexera com o âmago de Marco Aurélio. Ver as filhas deprimidas – Janaína por desapontamento e Jade por remorso – não era para ele.

Mas havia o Protocolo de Consulta do Povo Panará. Ele tinha certeza disso. Havia lido em algum lugar sobre a existência daquele documento. Iria buscá-lo, estudá-lo. Juntar as informações do protocolo com as da Constituição Federal de 1988 e com as da Convenção 169, da OIT. Remexer mundos e fundos para embargar a posse do Iphan sobre as pedras. E então devolvê-las aos panará, seus irrefutáveis donos.

Jade estaria com ele naquela empreitada, e tudo haveria de dar certo!

Kunity, sentado no chão da cela, ao lado dos companheiros, rememorava o momento de êxtase ao encontrarem o que tanto procuravam. Anos e anos de espera e, de repente, ela estava ali, enfiada na mesma terra onde vivera um angelim-vermelho. Ao lado da rocha marcada com o desenho que Yauapi fizera.

Procuraram por uma pedra que continha o amuleto. Mas, na cova aberta, encontraram duas. Da mesma cor e formato, com o traçado do fio com dois pingentes.

Na época que Yauapi e Toriaua ali tinham vivido, as pedras ovaladas e marrons eram próprias daquela região do rio Peixoto de Azevedo. Pedras porosas e fáceis de serem cortadas. Os homens da aldeia as usavam para guardar as melhores setas, as mulheres os adornos.

Depois de acondicionados os objetos, as metades da pedra eram coladas com a resina tirada da árvore de breu-branco, tão conhecida dos panará. O breu ficava duro e muito resistente, mas também fácil de dissolver – era só colocá-lo perto do fogo.

Kunity, porém, nem tivera tempo de abrir nenhuma das pedras. Assim que as viu, se deu conta da chegada da caminhonete da Funai que trazia o paleontólogo Severino e seus homens.

Não entendia como a Funai havia aparecido ali. Só podia ter sido coincidência, visto que unicamente os panará e a família de Janaína sabiam daquele possível tesouro escondido. Contudo, quando Severino pediu que lhe entregasse as pedras sem fazer pergunta alguma, constatou que, talvez, o paleontólogo soubesse de alguma coisa.

Kunity tentava explicar, em sumárias palavras, o que os panará estavam fazendo ali, quando Severino interveio. Sabia exatamente por que eles estavam lá e do que se tratavam aquelas pedras. Qualquer objeto histórico enterrado pertencia ao Estado. Kunity tinha que entregá-las a ele.

O filho de Toriaua, homem sempre pacífico, instintivamente segurou as pedras com mais força.

Seus companheiros sacaram as facas.

Kunity pediu paz, pediu que os homens da Funai entendessem. Bastava de tanta perseguição. As pedras eram objetos sagrados dos panará e com eles seguiriam para a aldeia. Então guardou-as na mochila.

Vendo que não conseguiria destituir os indígenas de seu intento, Severino e seus companheiros os renderam, obrigando-os a entrar na caminhonete.

Seu dever era encontrar e levar as pedras para o Iphan. Quanto aos indígenas, a Funai que resolvesse o que fazer.

A única acusação encontrada contra eles tinha sido desacato à autoridade. Kunity não entendia em que momento haviam desacatado alguém. Mas ali estavam eles, presos, aguardando mais aquela cruzada que teriam que enfrentar.

29

Luciano chegou apreensivo à casa da namorada. Nem fora à faculdade. Falara com ela havia pouco e percebera a voz embargada do outro lado da ligação. Janaína tentou contar o que Jade fizera, mas ele só havia entendido que Kunity estava preso.

Feliz com a presença do namorado, Janaína, que também não tinha ido ao colégio, finalmente conseguiu contar tudo o que acontecera. A irmã estava péssima e arrependida do que fizera e havia combinado com o pai de encontrar o Protocolo Panará, um alfarrábio sobre os direitos daquela etnia.

O namorado, consternado com o desfecho da empreitada, propôs à Janaína procurarem em *sites* de busca o tal protocolo. "Não era só advogado que podia ter acesso a ele, afinal!", pensou.

As aulas, de um e de outro, já haviam sido perdidas naquela manhã. Pelo menos que usassem o tempo com algo proveitoso.

Instalados na mesa da sala, Janaína e Luciano iniciaram a busca.

»

Ao ver a amiga imbuída em encontrar, nos arquivos do jornal, algum contato da Funai de Manaus, Paula resolveu intervir. Por qual motivo Lucélia queria encontrar aquele contato? Além da propagação do coronavírus, o que a preocupava, afinal?

Lucélia revelou a história toda.

Paula era colunista do jornal, mas também bióloga, especialista em florestas e matas nativas. Tinha os contatos da Funai. Imediatamente, dispôs-se a ajudar. Até porque indígenas serem presos, novamente, por lutarem pelo que era, de fato, deles, seria mais um furo de reportagem para a *Folha Diária*. E o fato de o jornal noticiar o caso em sua matéria de capa poderia intimidar a entidade e ajudar os indígenas.

– Vamos tentar, Lucélia. – Paula bateu a mão no ombro da amiga. – Ficar de braços cruzados é que não podemos!

»

Marco Aurélio, após rápida busca, constatou a existência do Protocolo Panará. A internet era um instrumento excepcional!

Facilitador, aproximava as pessoas e, por vezes, até resolvia assuntos dos mais variados.

Folheando e analisando o Protocolo Panará, algo chamou sua atenção:

> A Constituição Federal de 1988 rege que: As terras tradicionalmente ocupadas pelos indígenas destinam-se a sua posse permanente, cabendo-lhes o usufruto exclusivo das riquezas do solo, dos rios e dos lagos nelas existentes.

As pedras haviam sido encontradas enterradas no solo das terras outrora confiscadas dos panará. Não eram exatamente uma riqueza do solo, mas uma riqueza indígena; portanto, pertencia a eles.

Outra cláusula dizia:

> Em caso de pertencer ao Estado a propriedade dos minérios ou dos recursos do subsolo, ou de ter direitos sobre outros recursos, existentes nas terras, os governos deverão estabelecer ou manter procedimentos com vistas a consultar os povos interessados, a fim de se determinar se os interesses desses povos seriam prejudicados.

Marco Aurélio conjeturava sobre tudo aquilo quando Jade telefonou. Também havia encontrado algo esclarecedor na Convenção 169, da OIT:

> Ao aplicar as disposições da presente Convenção, os governos deverão:
> a) consultar os povos interessados, mediante procedimentos apropriados e,
> b) particularmente, através de suas instituições representativas, cada vez que sejam previstas medidas legislativas ou administrativas suscetíveis de afetá-los diretamente.

Ou seja, a Funai teria, por obrigação, de ouvir as explicações de Kunity a respeito das pedras. Não poderia tê-los prendido. Aquilo não tinha sido um procedimento apropriado, como dizia a lei.

E, juntando-se a descoberta de Marco Aurélio com a de Jade, o resultado só poderia ser um: os indígenas libertados e empossados do que, na verdade, lhes pertencia: as pedras.

Desligando o telefone, Marco Aurélio buscou o contato da Funai manauara.

Graças à ajuda de Paula, Lucélia soubera que os indígenas panará, efetivamente, estavam detidos na própria sede da Funai. A bióloga se cercara de outros colegas, correspondentes no estado do Amazonas, que, sem perda de tempo, entraram em contato com a Funai.

Aos poucos, repórteres e fotógrafos tomaram as portas da entidade. Populares, ávidos por novidades, começavam a se aglomerar.

Luciano recebeu, pelo celular, a chamada de uma notícia:

Povo se aglomera na porta da Funai manauara, em busca de notícias sobre os panará presos

– *Amore*, olhe só pra isso! – E mostrou o vídeo, que abrira no celular.

Muita gente já se misturava com repórteres e cinegrafistas. Ambulantes procuravam o melhor lugar para oferecer seus produtos.

Janaína não podia crer no que via. Quem teria agitado aquilo tudo?

Assim se perguntava, quando Lucélia a chamou por vídeo.

– Filha, veja só o movimento que provocamos no caso da prisão do Kunity...

Mas, antes de Lucélia mandar a reportagem, Janaína contou que já assistira ao fato. E vibrava, naquele momento, por saber que fora a mãe a instigar tudo aquilo.

– Parabéns, sogrona. *Top! Top!* – Luciano apareceu no visor.

Um movimento incrível. Os populares pedindo a liberação dos indígenas. Alguns certamente nem sabiam do ocorrido, mas acompanhavam a turba.

Porém, o clamor do povo não era suficiente para que a soltura de Kunity e seus irmãos se consumasse. Era preciso a lei entrar em cena. E onde estava ela, naquele momento? Onde andava a justiça em defesa dos povos indígenas?

Era noite quando Janaína recebeu um recado de Kunity, contando que acabara de ser liberado, bem como seus companheiros. As pedras continuavam nas mãos do Iphan, mas tinham sido informados de que advogados de São Paulo haviam estudado e avivado as leis que davam a eles o direito às pedras. Aguardariam, na aldeia, o dia que o Iphan marcaria para que fossem buscar os tesouros que lhes pertenciam.

Janaína não coube em si de felicidade. Gritou, pulou, abriu os braços e foi abraçando a família, de um em um.

Marco Aurélio e Jade também se comoveram.

– Fomos nós, Jana, o papai e eu que levantamos as leis, esquecidas e arquivadas, de proteção ao patrimônio indígena. E levantamos um monte de assinaturas virtuais, de advogados de renome, endossando nossas provas. Acabou, *hermanita*. Breve, o pai do Kunity estará com o amuleto pendurado ao pescoço, outra vez, e Yauapi descansará em paz.

E foi só alegria na casa dos Velásquez. Muitos abraços e beijos. Muitos perdões e “te amo”. Uma cruzada que se encerrava, sem ter, no entanto, todas as respostas.

30

A aldeia Nasepotiti estava em festa. Toriaua não cabia em si de felicidade. Estava ali, pendurado ao seu pescoço, o tão sonhado amuleto do sapinho verde, o muiraquitã. Ele era novamente o pajé que conversava com os espíritos, que ouvia o canto do Jakuí.

Quando Kunity colocou o amuleto no pescoço do pai, Toriaua sentiu-se como se Yauapi estivesse ao seu lado. Feliz, saiu da choça e, inebriado, com olhos marejados e voz embargada, gritou erguendo as mãos para o céu:

– *Inkjê jûnpjâ!* Meu pai! *Nãhã, inkjê jûnpjâ!* Obrigado, meu pai!

Irmanados naquela explosão enternecida de Toriaua, os outros indígenas se aproximaram. E o pajé, extasiado, repetia:

– *Kjên! Mãra jy pyppoo!* A pedra! Ela voltou!

O céu pareceu entender aquele momento uno, singular, sublime. Um azul profundo reluziu e um sol brilhante inundou a aldeia panará.

Os gigantes do norte tinham novamente seu pajé.

Na mesma tarde, Janaína recebeu um vídeo de Kunity. Ele havia filmado o pai agradecendo aos céus e a Yauapi pela volta do amuleto e os indígenas realizando a dança de júbilo dos panará em volta do pajé.

Ao vídeo, seguia-se um áudio em que Kunity contava sobre uma segunda pedra, encontrada junto à do amuleto, contendo um outro objeto: um pequeno peixe de pedra, verde como o muiraquitã e com um furinho na cabeça. Faltava-lhe a cauda, no entanto.

Kunity contava ainda que Toriaua marejara os olhos ao ver o peixinho, como se soubesse do que se tratava. Mas a emoção do retorno do amuleto do pajé suplantou qualquer outra. Kunity estava certo de que o pai comentaria com ele a procedência daquele outro objeto. Kunity falou também que Janaína ficasse em paz, bem como sua família, era o que ele e toda a aldeia desejavam. Não viveriam para agradecer o que eles haviam feito por toda a comunidade panará. Logo, tornariam a se comunicar.

Janaína e Jade voltaram a ser cúmplices, a conversar sobre tudo, antes de dormirem. Lembraram da reforma do quarto, esquecida em meio a todas as preocupações surgidas. Deram boas risadas ao lembrar que as pranchas de madeira ainda "entupiam" a área de serviço do apartamento, como reclamava Lucélia.

Jade continuava tensa por conta do caso do estuprador, mas o fato de ter conseguido se redimir com a irmã a deixara mais tranquila.

Tudo tinha finalmente voltado ao normal.

Era já bem tarde, quando as duas irmãs adormeceram, e muito cedo quando Janaína acordou, sobressaltada. Remexeu-se na cama, virou, de um lado para outro e, finalmente, sentou-se.

Jade também despertou.

– O que foi, Jana?

– Era ele... de novo.

– Ele quem?

– Yauapi.

Era impossível a história começar de novo. O que Yauapi pedira tinha sido feito. A família inteira se empenhara. Janaína estava extenuada. Certamente tivera um pesadelo.

– Não foi pesadelo! Não foi, Jade! Acredite em mim, por favor! Era ele, de novo. E disse uma coisa diferente.

Janaína retomou seu caderninho de cabeceira e escreveu:

Toriaua cati capaperi ram ca, Janaína tepi napiaa.

Na manhã límpida que nascia em Nasepotiti, o céu e a terra pareciam se fundir, tal qual uma pintura.

Toriaua, sentado à sombra de uma árvore, rescendia a altivez de quem saiu vitorioso. Chamou o filho para conversar. Trazia nas mãos a segunda pedra encontrada, que guardava o peixinho sem cauda. Kunity sentou-se ao lado dele e ouviu, atento, o relato do pai.

Aquele peixinho verde havia pertencido a Nanayana, a irmãzinha desaparecida de Yauapi. Ela o levava sempre ao pescoço, como um talismã a protegê-la. Nanayana era muito alegre e adorava colher frutas na floresta, junto com as outras crianças da aldeia. Cinco anos ela contava, quando aconteceu.

Na manhã ensolarada, como quase todas as que nasciam às margens do rio Peixoto de Azevedo, Nanayana, acompanhada de um bando de crianças da aldeia, foi para a floresta colher frutas.

Ao cabo de umas três horas, todas as crianças retornaram, menos ela. Só o que os companheiros de folguedos lembravam é que ela havia se embrenhado num emaranhado de árvores e desaparecido.

Por dias, os mais preparados caçadores da aldeia, os que conheciam a floresta como as palmas de suas mãos, vararam a mata. Exploraram cada canto, cada meandro, mas não conseguiram encontrar Nanayana.

Quando voltavam para a aldeia, um pequeno objeto, verde e brilhante, eles lograram encontrar: o pingente do colarzinho da pequena. Este peixinho, que lhe falta a cauda.

Toriaua abriu a mão, que guardava o objeto.

– Meu pai era 10 anos mais velho que a irmã. Tinha por ela um amor profundo. Guardou o peixinho como a um tesouro. A única lembrança que restara dela. Eu sempre soube que ele havia guardado o peixinho de Nanayana numa pedra, colada com breu branco. Mas, quando a pedra do amuleto sumiu e meu pai morreu, nunca mais me lembrei da outra.

Kunity percebeu emoção na voz do pai.

– Nunca mais soube de Nanayana, meu pai?

– Correu uma história, lá para os lados de Novo Airão, sobre uma criança perdida, mas era branca, filha de um médico mineiro.

Era bem cedo ainda, mas o sol já cobria Nasepotiti com sua presença abrasadora. Kunity acompanhou o pai até a choça. Toriaua era octogenário, o sol abrasador não lhe faria bem. E a aldeia precisava muito dele.

31

As duas irmãs não conseguiram mais dormir. Jade quis se irritar novamente; o que seria aquilo, agora, na vida da irmã? Mas, depois de tudo o que correra, ela não podia nem devia desacreditar.

Janaína, olhos presos no livrete, procurava também uma resposta.

– Jana, você precisa enviar essa nova comunicação do Yauapi para o Kunity traduzir – Jade passou a mão no cabelo da irmã. – Não vamos perder tempo. Se a história não acabou, vamos adiante. O que tiver que ser feito, faremos!

Janaína abraçou a irmã. Sabia que, dessa vez, podia contar com ela; sendo assim, nada sairia errado.

Por volta das 8 h, Janaína enviou um recado para Kunity. Os indígenas acordavam quando o sol nascia; já deviam estar despertos há bastante tempo.

Kunity Panará
Bom dia, Kunity!
Essa noite, sonhei novamente com seu avô.
Pareceu ter vindo apenas para dar outro recado. Aqui vai o que ele disse:
Toriaua cati capaperi ram ca, Janaína tepi napiaa.
Por favor, traduza para mim, quando puder.
Aguardo, com muito interesse.
Obrigada, amigo.

As irmãs aguardavam, ansiosas, a resposta do indígena.

Janaína procurou o namorado numa videochamada.

Luciano despertou, estremunhado, cabelos arrepiados. Assustou-se. Era sábado, afinal!

– *Amore*, caiu da cama, foi?

– Quase, Luc. Ele apareceu, de novo.

A informação da namorada fez Luciano despertar de vez.

– Tô indo já pra aí, *amore*! O que será que o velhote quer de você agora? Caramba!

Janaína acalmou o namorado, ele podia voltar a dormir. Mais tarde, assim que viesse a resposta de Kunity, falariam novamente. O namorado desligou o telefone, mas não sem antes reclamar: Janaína era uma figura ímpar – primeiro o acordava; depois, o mandava dormir.

Na choça do pajé, Kunity ouvia, pacientemente, as explicações do pai a respeito das ervas e poções que ali estavam, acondicionadas em vidros. Toriaua já havia dito, várias vezes, tudo aquilo ao filho, mas Kunity respeitava a necessidade que ele tinha de repetir e repetir seus ensinamentos. De contar e recontar suas histórias. Ouvir os idosos com respeito era um dos ofícios dos indígenas.

Assim estavam, pai e filho, quando chegou o recado de Janaína.

Ao ler a frase dita pelo avô, Kunity imediatamente entendeu o outro lado daquela frase.

– Pai – disse a Toriaua. – O senhor deseja conhecer Janaína, a menina branca?

Toriaua, apertando a mão do filho, balançou a cabeça positivamente.

– Meu avô avisou, veja!

Kunity entregou seu celular para o pai ver.

Toriaua se comoveu. Que maravilhoso era aquele dom dos indígenas de poderem se comunicar com seus descendentes! Aquela menina branca, de alguma forma, estava ligada a eles; caso contrário, nunca Yauapi teria aparecido para ela.

– Responde para Janaína, meu filho! Nossa história ainda não acabou.

Janaína amiga
A frase que recebeu de meu avô se escreve assim:
Toriaua kati kapaper hã ka, Janaína tepi nãpiââ.
Quer dizer: "Toriaua espera você, Janaína, mãe dos peixes".

Luciano não aguentou esperar em casa. Já estacionava o carro nas proximidades do edifício da namorada quando recebeu o recado de Kunity, que ela encaminhara. Como assim, Toriaua esperava por Janaína? Isso só poderia dizer uma coisa: que seu *amore* teria de ir até a aldeia Nasepotiti.

Incomodado com a notícia, Luciano apertou a campainha do apartamento e já entrou dizendo:

– Jana, será que entendi errado, ou esse indígena quer que você vá encontrar com ele?

– Quem vai encontrar quem, aonde? – Lucélia recebeu sorrindo o namorado da filha.

Janaína, que ainda não havia contado nada aos pais, colocou o dedo na boca, pedindo silêncio. Esperava que os dois acordassem para relatar a novidade. Jade irrompeu no assunto. Era melhor que os pais soubessem logo de tudo para que nada atrasasse o processo.

– Mas que processo, filha? Afinal, não estamos num tribunal! – Marco Aurélio exclamou, sorridente, sem ter a menor ideia do assunto.

Decidida, Janaína contou do novo sonho, da nova frase e mostrou a tradução de Kunity.

Lucélia ficou branca como a cal. A lembrança do coronavírus voltou, contundente. Uma insanidade de Janaína pensar na possibilidade de viajar.

Marco Aurélio também achou um tanto descabida aquela ideia, mas todos sabiam, agora, que Janaína tinha mesmo o poder de se comunicar com Yauapi. Portanto, não podiam simplesmente afastar a possibilidade de ela ir ao encontro de Toriaua, antes de discutir os prós e os contras.

As filhas concordaram com o pai.

Luciano ficou reticente, mas Lucélia foi categórica: Janaína não podia sair de São Paulo, naquele momento. O vírus já estava no Brasil. Será que ninguém, naquela casa, se importava com isso?

Instintivamente, pegou o celular e abriu o *site* da *Folha Diária*. A coluna de Paula recordava que o primeiro caso da covid-19 no

Brasil fora em 26 de fevereiro; no entanto ali, em princípio do mês de março, não se sabiam ainda os números, mas outros casos haviam sido confirmados.

– Não vai! Janaína, daqui, não sai! Essa história já está indo longe demais!

– Eu vou, sim! A história ainda não acabou, mamis! Por favor, entenda! – Janaína abraçou a mãe. Era menor de idade, precisava da conivência dos pais.

32

Luciano que, até então, não havia se preocupado com o vírus, ao ver a sogra naquele estado, afligiu-se. Era arriscado Janaína viajar. Porém, se tivesse que ir, tinha que ser incontinente.

Jade e Marco Aurélio concordaram com a observação de Luciano.

Janaína, exultante, beijou seu Pantera Negra, apaixonadamente. Ele pensara apenas nela. Vencida, Lucélia só concordou depois de consultar a amiga, que era inteirada ininterruptamente sobre o caminho do vírus. Paula achou temerário, mas concordava com o restante da família de Lucélia; se fosse impreterível, a viagem de Janaína tinha que ser imediata.

– Amo você ao infinito, Jana! – Luciano gritou ao ver a namorada desaparecer no corredor de embarque do aeroporto.

Ninguém sabia o motivo de mais aquele pedido de Yauapi, nem por que Toriaua queria a presença de Janaína a seu lado. Mas uma coisa parecia evidente: ela estava indo em busca do final da história.

O avião que levava Janaína pousou no Aeroporto Internacional de Santarém – Maestro Wilson Fonseca, após cinco horas de viagem.

O pai da colega de escola, dono de uma agência de turismo, havia reservado as passagens e hotel para pernoite, em Santarém. Tinha ainda entrado em contato com outra agência local, visando à continuidade da jornada até Nasepotiti, a aldeia panará.

Teria sido uma viajem mais bonita se Janaína tivesse descido em Manaus. De lá, pegaria uma lancha e subiria o rio Madeira até chegar em Santarém. Mas a preocupação com a covid-19 pedia rapidez. Sendo assim, haviam optado pela viagem de avião direto até aquela cidade.

Janaína chegou à pequena pousada, onde passaria o resto do dia e a noite. Na manhã seguinte, bem cedo, tomaria uma lancha, que subiria o rio Xingu até seu cruzamento com o rio Iriri. Então, um barco estaria à espera dela e de outros turistas que, porventura, rumassem em direção a Nasepotiti.

Ao chegar à pousada, a primeira coisa que Janaína fez foi ligar para casa. Luciano também estaria lá.

A primeira a surgir na tela do *tablet* foi Lucélia. Olhos aflitos, parecia querer entrar na tela, para estar mais perto.

Janaína conversou com cada um, contou as primeiras impressões da viagem, prometendo se comunicar no dia seguinte, antes de sair do hotel.

Amanhecia em Santarém quando a embarcação que levaria Janaína pelo rio Xingu acima atracou no embarcadouro.

A manhã ainda estava fresca e agradável, mas os mosquitinhos chegavam, aos milhares, obrigando os viajantes a se abanarem para espantá-los.

– Calorão vai fazer hoje! – O piloto da lancha sorriu para os excursionistas. – Eu levo vocês até a embocadura do Iriri. De lá em diante, seguem no barco do Ismael, um sujeito de quem vocês vão gostar.

O percurso pelo rio Xingu foi rápido. Em pouco tempo, Janaína viu-se no barco que seguiria pelo rio Iriri.

Três eram os ocupantes: um casal de indígenas panará e ela.

Cabeça erguida e olhos atentos, Ismael, o barqueiro, com seus jacumãs, remos arredondados, rasgava as águas do rio.

Janaína ia calada. Como seria Toriaua? E Kunity, que ela também nunca tinha visto pessoalmente? O que estaria esperando por ela em Nasepotiti?

Ismael cortou os pensamentos dela.

– Olhe que mundão de água, moça! Parece um espelho, de tão limpa. E o sol! Tão brilhante, que faz mal olhar. Dizem que quem olha o sol quente de frente é capaz de ficar cego.

Conforme a embarcação seguia, novas paisagens iam se revelando.

O rio Iriri era bem menor e menos caudaloso que o Xingu, de forma que, navegando, dava para enxergar as margens, cheias de casinholas dos ribeirinhos.

Ao longe, uma grande barca surgiu.

– Apesar de tantos desmatamentos, há poucas estradas na Amazônia – Ismael fez sinal para o outro barqueiro. – A circulação é feita pelos rios. É muito comum barcos, como aquele que vem vindo, venderem produtos como frutas, verduras, legumes e até arroz e feijão para os habitantes das vilas ribeirinhas. A gente chama os comerciantes dos rios de regatões.

O casal de indígenas também ia calado, mas observando a moça branca.

– Moça veio ver nosso pajé? – disse o indígena.

– Sim – Janaína olhou para ele assombrada.

– Toriaua muito feliz! – disse a companheira dele.

O rio Iriri era um afluente pequeno do rio Xingu, assim, em pouco tempo, os viajantes divisaram alguns indígenas pescando. Na boca de um igarapé, um grupo deles deitava linha e rede e, em segundos, puxava uma dezena de peixes. Nas cabaças trançadas, os indígenas batiam com as costas do facão na cabeça dos peixes para que se aquietassem dentro delas.

Ao avistá-los, Ismael balançou o remo, avisando que chegavam.

Janaína estacou. Um torpor uma explosão de sentimentos alumbrou seu coração.

Em São Paulo, a família Velásquez aguardava, ansiosamente, por notícias. Janaína prometera ligar antes de tomar a lancha pra o rio Xingu, mas não o fizera. "O que teria acontecido?", perguntava-se Lucélia.

Jade e o pai tentavam acalmá-la. Em determinados lugares, nem sempre o sinal de internet era bom. Pelos cálculos deles, Janaína, àquela hora, deveria estar no rio Iriri. Breve, certamente, se comunicaria.

Tantas dúvidas passavam pela cabeça daquela mãe aflita. Desde que soubera da existência do novo coronavírus, o coração de Lucélia se apertara. Agora, entendia o porquê. Lá, no Amazonas, tão longe dela, Janaína, sua filha mais nova, seu sempre bebê, singrava rios que nunca vira, a caminho de um lugar do qual nunca ouvira falar, ao encontro de alguém que não conhecia. Mas Yauapi existia. Era um pajé. Que velasse por ela.

33

Ao descer do barco, Janaína viu-se rodeada de crianças, encantadas com as roupas dela. Na aldeia, o pequeno bando tornou-se muito maior. Muitos indígenas abeiraram a recém-chegada, dando-lhe boas-vindas das mais variadas formas.

Janaína não via nem ouvia nada daquilo. Apenas caminhava. Era como se estivesse prestes a entrar em um conto de fadas. Em uma lenda. Prestes a cruzar sua história com outra; a de Yauapi, seu filho, seu neto, seu povo.

Lembrou-se de que, quando criança, ao ler *O Pequeno Príncipe*, do autor francês Antoine de Saint-Exupéry, ficou encantada com uma frase, que a acompanhara desde então: "Só se vê bem com o coração, o essencial é invisível aos olhos".

Um toque em seu ombro tirou-a do deslumbramento.

– Janaína! Sou Kunity! – O indígena deu um longo abraço naquela que já considerava amiga. – Venha! Este é o pajé Toriaua, meu pai.

Os olhos dela obedeceram ao chamado, mas foi com o coração que viu, pela primeira vez, o olhar de Toriaua, que já se ia velando da neblina da velhice. Tão parecido com Yauapi, o ancião dos seus sonhos!

– É você? – Com a palma da mão direita, Toriaua tocou a cabeça dela.

– Sim.

– Estou muito, muito feliz por Janaína ter vindo! Sabia que vinha. Vamos, minha menina. Temos muito o que conversar. Naquela manhã distante, Yauapi fez minha história cruzar com a sua e, assim, para sempre elas seguirão.

Mãos dadas com Toriaua, Janaína seguiu para a choça do pajé.

Luciano bem que queria ter acompanhado a namorada naquela empreitada incrível: visitar uma aldeia, tão distante da vivência dele, que ficara na capital – ainda mais em busca de algo inesperado e cheio de mistério. E, muito mais ainda, ao lado de sua amada Janaína. Mas não havia sido possível.

A faculdade em que entrara era particular. Uma despesa grande para os pais. Ele pretendia dar aulas assim que possível para ajudar nas contas, mas ainda não começara.

Luciano entendeu. Não faltariam oportunidades de ele e Janaína viajarem juntos. Afinal, o ditado não dizia que o melhor da festa era esperar por ela?

Janaína não demoraria a voltar, e ele estaria ali, esperando por ela.

A aldeia Nasepotiti era formada por dez choças, onde residiam várias famílias. Por volta de trezentos indígenas ali viviam.

Os panará, seguindo a tradição de que o pajé deveria viver sozinho, livre para fazer suas infusões, rezar e se comunicar com os deuses, haviam construído para Toriaua uma choça exclusiva. Como ele mesmo, todos os indígenas da aldeia acreditavam que, um dia, o amuleto da pedra apareceria; sendo assim, a vivenda do pajé estaria pronta.

Uma das características das casas indígenas era sua construção feita integralmente de materiais vegetais. Assim também eram as dos panará: amarração de cipós nas estruturas de madeira, cobertas de palha. Uma rede, uma esteira, um banco tosco, esculpido em tronco de árvore, muitos cestos, repletos de ervas e raízes, resumiam o interior da casa de Toriaua.

– Sente aqui, Janaína. Você me presenteou com a volta do amuleto, mas eu também tenho um presente para você – Toriaua buscou, em um dos cestos ali guardados, a outra pedra, encontrada junto à do amuleto.

O coração de Janaína batia com tanta força, que ela quase podia ouvi-lo.

Sentado novamente a seu lado, Toriaua ofereceu a pedra.

– Abra! Yauapi me pediu para dar a você; porque é Janaína, sereia das águas, mãe dos peixes.

O peixinho sem cauda brilhou ao sol que entrava pelas fendas da choça.

– Foi há muito tempo, Janaína... – e Toriaua relatou a mesma história de Nanayana que havia contado a Kunity. – Meu pai guardou, durante sua vida toda, como um tesouro, a única lembrança de sua irmãzinha desaparecida: o peixinho sem cauda.

Janaína, com o peixinho de pedra nas mãos, emudeceu. Seu pensamento voltou aos mais tenros anos da infância.

Jade adorava mexer em uma caixa de madeira entalhada, guardada no quarto dos pais. Nela, estavam organizadas as poucas joias que Lucélia possuía. A irmã colocava os brincos da mãe, os colares, e desfilava diante do espelho.

Naquela tarde, Janaína também quis mexer na caixa. E seu olhar de criança se encantou com uma pedrinha esverdeada, de formato estranho, acondicionada em um saquinho de pano. Quando a mãe entrou no quarto, viu a filha mais nova com a pedrinha na mão.

– A Jana gostou do que essa caixa tem de mais sem graça – Jade riu da irmã. – Que coisa esquisita é essa, mamãe?

– A cauda de um peixinho.

Lucélia não conseguia pensar em outra coisa, a não ser em Janaína. Chegou ao jornal estressada e buscando notícias da epidemia com a amiga.

Paula comentou que um dia após ser detectado o coronavírus em um turista, chegado da Itália a São Paulo, havia subido para 8 o número de casos confirmados no Brasil: 6 em São Paulo, 1 no Espírito Santo e 1 no Rio de Janeiro. Também tinha sido registrada a primeira transmissão interna do vírus no país.

O Ministério da Saúde havia lançado uma campanha publicitária de prevenção contra o coronavírus, transmitida pela TV aberta, rádio e internet, orientando a população. Para prevenir a covid-19 era preciso, com urgência, adotar hábitos de higiene, como lavar as mãos com água e sabão ou usar álcool em gel a 70% cada vez que tocassem em superfícies fora de casa, e não compartilhar objetos pessoais.

– Apresse a volta da Janaína, Lucélia. A epidemia está se espalhando pelo mundo. Em breve, vai virar uma pandemia, e é bom que ela já esteja em casa quando isso acontecer.

»

Kunity entrou na choça do pai, deparando-se com Janaína, olhos espantados, segurando o peixinho nas mãos.

Ainda atônita com aquela lembrança da infância, ela relatou o fato aos dois.

– Era o fio de meada que faltava, Janaína – Toriaua sorriu. – Você precisa saber como a cauda de peixinho de Nanayana foi parar nas mãos de sua mãe.

Toriaua já dava como certo que um objeto se encaixava no outro. Seu sorriso atestava isso. Mas, para Janaína, tudo era surpresa. Lembrava que a mãe havia respondido, naquela tarde, que a pedrinha era a cauda de um peixinho, porém devia existir uma história que ligava o presente de Yauapi ao objeto da mãe.

Pensou em falar com ela pelo celular, mas, naquele momento, o sinal fraco da internet não ajudaria. Talvez nem Lucélia soubesse exatamente de onde tinha vindo aquela cauda de peixinho. Podia nem existir mais.

Os pensamentos de Janaína voavam entre a vontade de estar mais tempo ali e a de voltar para casa e se inteirar de tudo aquilo.

O dia se foi rapidamente. Era difícil deixar Toriaua, Kunity e toda a aldeia, mas precisava voltar a Santarém. Só tivera a anuência dos pais para a viagem por um fim de semana. A covid-19 se propagava. Era mister que voltasse para casa.

E a despedida indesejada chegou.

Um abraço demorado e familiar uniu-a a Toriaua e Kunity. Um "até breve", que não sabiam se seria físico, mas, certamente, eterno.

– Você é o que você espalha, Janaína, não o que você junta. Não se esqueça disso! – Toriaua viu-a partir.

Enquanto os remos redondos de Ismael singravam as águas do Iriri e o barco seguiu, levando Janaína, Toriaua segurou no peito o muiraquitã verde e conversou com o espírito do rio, pedindo-lhe que guardasse a viagem daquela menina que trouxera de volta o pajé da aldeia.

A chegada da noite foi cobrindo as águas. Uma beleza impossível de ser descrita. Toda a abóbada celeste fez-se em crepúsculo. Não se podia vislumbrar para que lado o sol deitava. Eram rosa e ouro as cores do céu.

O Iriri deu vez às águas do rio Xingu.

Janaína se despediu de Ismael e tomou a lancha que a aguardava no embarcadouro.

O céu já era lilás e azul. Santarém se aproximava. Janaína teve vontade de chorar. Sob o céu negro e encarnado, as primeiras estrelas despontavam. Sua vida nunca mais seria a mesma.

34

A família jantava quando o celular de Lucélia tocou. Era Janaína, numa videochamada. Jade e o pai também se aproximaram.

– Como foi na aldeia, filha? Conte tudo!

– Mamis, você ainda tem aquela cauda de peixinho, guardada na sua caixa de joias?

Lucélia estranhou a pergunta.

– Sim, por quê?

– Era isto que havia na segunda pedra encontrada – disse Janaína, abrindo a mão para mostrar o peixinho. – Yauapi guardava isso como se fosse um tesouro!

E a menina contou toda a história de Nanayana.

Lucélia se lembrou do pai. Comoveu-se. Foi ele que dera a pedrinha para ela. "Guarde-a sempre com você, filha, pra lhe dar sorte", ele tinha dito. E a pedra havia sido da mãe dele, que a recebera da avó dele, a bisavó de Lucélia. Mas nenhum deles estava vivo para contar alguma coisa sobre sua procedência.

Ao perceber a comoção, Jade abraçou a mãe.

– Procure suas tias, primas, algum parente que possa contar algo sobre essa cauda de peixinho, mamis. Preciso muito saber! – Janaína soltou beijos para todos. – Amanhã, perto da hora do almoço, nos vemos. Amo vocês!

»

Teria sido ótimo conhecer Manaus, a capital do estado do Amazonas, com suas belezas naturais e históricas. Mas não era a hora. Um dia, com certeza, voltaria. Quem sabe com os pais, a irmã e seu querido Luciano, Janaína pensava durante o voo de volta a São Paulo. Quando estamos longe é que nos damos conta da falta que as pessoas que amamos fazem.

Enquanto aguardava a chegada, Janaína ligou o *tablet*, acessando o *site* da *Folha Diária*. E a coluna da bióloga, amiga da mãe, trazia as últimas notícias sobre a covid-19: a OMS acabara de declarar que o novo coronavírus se transformara em uma pandemia. Praticamente em todos os estados do Brasil havia pessoas infectadas.

E ela que queria se retardar mais na aldeia Nasepotiti! Tinha discutido com os pais, quando impuseram sua volta em três dias. Agora entendia o porquê. Estava espantada com a rapidez daquele vírus. Se sua estadia tivesse durado mais alguns dias, poderia ter corrido riscos ou exposto pessoas a eles. Não sabia. Ninguém sabia como seriam as coisas dali em diante. Paula, em sua coluna, também cogitava uma iminente reclusão, um isolamento social.

Era meio-dia quando o avião aterrissou, trazendo Janaína. Um domingo ensolarado. Marco Aurélio e Luciano esperavam por ela.

– *Amore*, nem acredito que você voltou! Tava morrendo de saudade!

Janaína selou os comentários do namorado com um beijo. Deu um abraço apertado no pai; então rumaram para casa.

O sol também visitava a aldeia Nasepotiti. Alegres, as crianças brincavam. Umas jogando futebol, outras manuseando folhas e sementes, como a preparar alimentos, divertiam-se.

Toriaua, sentado em um banco à porta de sua choça, perdia-se em pensamentos.

Janaína prometera se comunicar quando estivesse certa de que a cauda de peixinho que a mãe tinha era a mesma que faltava no de Nanayana; que, agora, era dela. Também garantira que descobriria a história por trás daquilo.

Tinha que haver uma! Yauapi nunca teria se comunicado com a menina branca se não houvesse um parentesco entre eles, ainda que remoto.

Kunity se aproximou de Toriaua.

– O que envolve o pensamento de meu pai?

– A dúvida, meu filho. Quem Janaína é?

Lucélia, ao ver a filha em casa, não cansava de beijá-la.

– Cadê o presente que ganhou de Toriaua, *hermanita*? – perguntou Jade, abraçando a irmã.

Uma coisa tão simples aquele peixinho sem cauda, mas tão simbólica!

A mãe já deixara sobre o armário da sala o saquinho contendo a cauda. Seria o complemento do outro?

Delicadamente, Janaína aproximou as duas pedrinhas. E o peixinho se completou com o pendente do colar de Nanayana diante dos olhares atônitos de todos.

O coração de Lucélia se encantou. Era dela que vinha o sangue indígena, o elo daquela história toda que a filha vivenciara. Mas quem? Onde? Quando? Nunca tinha ouvido falar de indígenas na família.

Puxou pelas lembranças de infância. Tornou a recordar as duas bisavós: uma que tocava piano, outra que cozinhava bem. Uma de São Paulo, bisa Aurora, avó da mãe. Outra de Minas, bisa Laura, avó do pai.

Ele lhe dera a pedrinha em forma de cauda de peixe. Tinha sido da mãe e da avó, o pai dissera. Então era daquele tronco familiar que a busca tinha que começar: da bisa Laura.

– A Rutinha, filha da tia Carmem – Lucélia pensou alto.

– Quem são essas pessoas, mamis? – As filhas rodearam Lucélia.

– A tia era a irmã do meu pai. Sabia tudo da família. Guardava fotos e lembrava o nome de todos. Diziam que tinha uma memória invejável. A Rutinha é a filha mais velha dela. Já é bem idosa. Mora em Sete Lagoas, Minas Gerais.

Lucélia recordou que o pai saíra muito novo de casa. Vagara por outras cidades mineiras até vir para São Paulo. Nunca mais se comunicara com a família, privando, assim, a filha única do contato com os avós.

Mas, agora, ela precisava reavivar esse contato, buscar alguém da árvore genealógica do pai, penetrar mais a fundo nos primórdios da família Prioli – até descobrir a quem pertencera aquela cauda de peixinho.

35

Dias difíceis, de medo, insegurança, inquietude. Nunca o povo brasileiro havia deparado com uma calamidade daquela. Pessoas isoladas em casa; escolas e estabelecimentos comerciais fechados. Era a pandemia, a infestação do novo coronavírus pelo mundo. Filhos sem poderem visitar seus pais, avós sem ver seus netos. Namorados apartados de seus amores. Gestantes apavoradas com a possibilidade de contraírem o vírus e passarem a seus bebês.

FOLHA DIÁRIA

CARTILHA DA PANDEMIA

Paula Vilela – bióloga e colunista da *Folha Diária*

A Amazônia pode ser o maior repositório de coronavírus do mundo, dizem estudiosos. A intervenção humana em matas nativas pode gerar desequilíbrio ecológico e exportar doenças do coração da floresta. Com a devastação da Amazônia, a próxima grande pandemia pode surgir no Brasil. A Amazônia é um portal de vírus. Ao devastá-la, colocamos à prova nossa própria sorte.

Reportagens como essa eram só o que os jornais, impressos e virtuais, publicavam. Já se iam doze dias do mês de abril, e a pandemia da covid-19 chegara às aldeias indígenas.

Lucélia conseguira o contato de sua prima Rute. Conversara com ela, ao telefone, relatando toda a história da filha com os indígenas. Se a prima soubesse de algo que pudesse ajudar no esclarecimento de tudo aquilo, pedia que o fizesse. Quem sabe aqueles acontecimentos fossem o prenúncio do resgate da família Prioli, há tanto tempo dispersa?

Rute prometera se empenhar na busca de informações. Esquadrinhar os guardados da mãe, seus escritos, guardiães da memória.

Já se iam duas semanas, e nenhuma resposta da prima.

A família Velásquez estava toda em quarentena. Jade e Marco Aurélio trabalhando em *home office*; Janaína, apartada de Luciano, aguardava o início das aulas on-line. Só ela, Lucélia, resguardada pela máscara facial e pelas precauções higiênicas das mãos, continuava indo ao jornal, todos os dias: as notícias não podiam parar.

Naquela manhã, em meio ao tumulto de resenhas que chegavam à *Folha Diária*, um e-mail diferente surgiu na sua caixa de entrada. Era da prima Rute.

Os olhos de Lucélia estacaram nele, que assim dizia:

Querida prima Lucélia,

Não sei por que os seres humanos fazem isso, de se separarem. Pessoas da mesma família vão se distanciando tanto, a ponto de não saberem mais nada umas das outras. Não somos, infelizmente, como nossos antepassados indígenas, que viviam e conviviam sem jamais abandonar ou esquecer de seus irmãos.
Como já te disse, fiquei muito feliz que tenha me procurado e, muito mais, para saber sobre nossa bisavó Laura. Tenho orgulho de ter herdado da minha mãe o interesse por salvaguardar as histórias da nossa família. Sendo assim, você procurou a pessoa certa.
Encontrei e li os escritos da minha mãe sobre a saga da família Prioli e fiquei encantada. Achei que nossa bisavó Laura fosse

descendente de indígenas, mas não; ela mesma era uma indígena. Segue sua história.
Vivia, há muito tempo, em Novo Airão, cidade ribeirinha nos arredores de Manaus, um casal que tinha uma venda. Daquelas que vendiam desde alho até caderno e lápis. Uma tarde, entrou na venda deles um homem, arrastando pela mão uma menininha indígena. A menina parecia assustada. O homem pediu água, pra ele e pra menina. O vendeiro estranhou, pois o homem era branco.
O dono da venda, curioso, perguntou quem era a menininha, se o homem não queria algum alimento para ela.
O sujeito parecia cansado. Sentou-se num banco da venda e desabafou. Disse que o vendeiro podia fazer com a menininha o que bem entendesse. A missão dele acabava por ali.
Contou que caçava, no meio da floresta, quando ouviu um choro de criança. A tarde ia longe. Breve, seria noite. Ele chamou: "Tem alguém aí? Quem está chorando?". E a indiazinha, assustada, apareceu. Ele a acalmou. Tentou saber de onde vinha. Mas ela balbuciava palavras indígenas que ele não lograva entender. Decidiu, então, levá-la consigo para Novo Airão. E foi parar na venda.
Depois de tomar a água, o caçador foi embora sem dizer mais nada, deixando o dono da venda, atônito, responsável por aquela criancinha. Mas ela estava ali, e ele precisava fazer algo. A casa dos vendeiros era na parte posterior do comércio. Então, ele levou a indiazinha para lá.
A esposa do vendeiro, ao dar banho na pequena, encontrou uma pedrinha, em forma de cauda de peixe, grudada a um enfeite de penas que ela levava em um dos tornozelos. Ao ver a pedrinha, a indiazinha agarrou-se a ela e pronunciou a primeira palavra, desde que ali chegara: Nanayana, Nanayana.

A bondosa senhora, acreditando que a criança se referia à pedrinha, embrulhou-a em um trapinho de pano e devolveu-lhe. De imediato, as duas não puderam se entender pelas palavras, mas sim pelo coração.

Na manhã seguinte, a esposa do vendeiro lembrou que estava na cidade para pesquisas, havia um tempo, um médico sanitarista mineiro, acompanhado da esposa. A vendeira era pessoa de boa prosa, logo tornou-se amiga dela.

O casal não tinha filhos, mas queria muito ter. Encantados pela indiazinha, e como não se sabia de onde ela vinha, decidiram adotá-la.

O casal era daqui, de Sete Lagoas. Não teve outros filhos, além de Laura, nome com o qual foi registrada.

Laura foi criada com todo mimo. Quando contava com seus 15 anos, a família se mudou para Belo Horizonte, no intuito de dar à filha acesso a melhores escolas. Laura cursou a Escola Normal, formando-se também em piano.

Aos 18 anos, conheceu Augusto, um bem-sucedido comerciante italiano, bem mais velho que ela. Apaixonaram-se e, após Laura concluir os estudos, casaram-se.

Naquela época, era comum os casais terem muitos filhos. Com eles não foi diferente. Tiveram uma dúzia deles, mas que Laura não teve a graça de ver crescer. Faleceu, aos 42 anos, no parto do último bebê.

Augusto Prioli, nosso bisavô, viveu até os 72 anos, mas não voltou a se casar. Seu grande e único amor foi Nanayana, Laura Maciel Prioli, nossa bisavó.

Segue, anexada a este e-mail, uma foto dela. Ainda que esmaecida, a foto mostra toda a beleza de Nanayana.

Um beijo, Lucélia, e não vamos mais nos perder pelo caminho.

Com o carinho da sua prima, Rute.

36

A floresta, mãe da abundância, que cercava a aldeia de Nasepotiti, amanheceu mais linda naquele dia. As copas das árvores pareciam querer agarrar os raios de sol. Essa mesma floresta que levara Nanayana embora a trazia de volta.

Segurando o celular do filho, onde a foto dela, já adulta, iluminava a tela, Toriaua agradeceu ao deus da floresta por tê-la trazido de volta.

Pensou que talvez pudessem ter encontrado antes a irmãzinha de seu pai, sua tia Nanayana, mas a história da criança em Novo Airão havia chegado truncada à aldeia, como se a criança fosse branca e filha de um médico. A verdadeira história de Nanayana fora o segundo presente que Janaína, rainha das águas, mãe dos peixes, trouxera para ele. Agora, Toriaua sabia que ela descendia de Nanayana, era sua tataraneta.

Kunity juntou-se ao pai naquele momento de alegria.

Yauapi e Nanayana agora podiam descansar em paz. Toriaua carregava o amuleto novamente no pescoço, e Janaína, a menina branca, sabia que em suas veias corria também o sangue dos panará.

À medida que o tempo passava, as notícias do avanço da covid-19 eram piores. A *Folha Diária* daquela manhã noticiava:

Coronavírus chega à reserva indígena do Xingu, e Kuarup é cancelado pela primeira vez

Todos os anos, os povos do Parque Nacional do Xingu passam seis meses se preparando para a festa mais importante do ano, o *Kuarup*. A celebração, que normalmente se estende de julho a setembro, é o ritual sagrado no qual todos os mortos do último ano são homenageados. Com o *Kuarup*, as famílias que passaram os últimos 12 meses em luto podem voltar à rotina normal.

Quem, em sã consciência, em todo o mundo, poderia ter imaginado uma situação daquelas? A morte rondando a todos, ceifando vidas, espalhando o terror?

Não havia mais distinção social, cultural, psicológica ou física. Máscaras cobrindo as faces não mostravam mais pessoas. Ruas desertas cultivavam domicílios lotados. Uma vacina! Era preciso uma vacina! E, em algum tempo, ela seria desenvolvida. Mas quando? Uma resposta que nenhum ser humano podia dar.

Um tenor cantou na varanda de um edifício. Vizinhos se entusiasmaram. Uma vocalista vizinha acompanhou o tenor, outro morador tocou saxofone. Rodas de orações se espalharam entre as ruas, os bairros, as cidades, os estados, os países. O mundo virou uma imensa casa. Campanhas de ajuda aconteceram.

Um vírus que levava à morte também trazia amizade e amor entre as pessoas.

Jade descobrira que as realidades cruéis da vida também incluíam – e como – os indígenas. Que as pessoas é que precisavam sempre mudar para que as coisas continuassem as mesmas. Que não seria desdouro nenhum usar as pranchas de madeira, trazidas da Amazônia, para construir prateleiras para seu quarto, mas que devia lutar pela interrupção do desmatamento florestal.

Lucélia e Marco Aurélio, ainda extasiados com as últimas revelações, seguiriam também, dali em diante, atentos à defesa da causa indígena; ela noticiando abusos, ele buscando as leis protetoras.

Tanta coisa e em tão pouco tempo havia acontecido na vida de Janaína. Descobrira a pessoa dócil e resiliente que Luciano era e que o amava. Vivera uma inacreditável aventura que a levara à descoberta de seus antepassados indígenas. Havia embarcado numa jornada, floresta, rios e aldeia adentro, e ficado maravilhada.

Os panará eram mesmo fortes, os gigantes do norte, apesar de tudo o que haviam passado. Os indígenas, todos eles, clamavam pela Terra. E Janaína havia descoberto quanto ela era vulnerável e que o ser humano não entendia o impacto enorme que causava no mundo.

Dali em diante, queria dar tudo de si para ajudar os indígenas e a mãe Terra, que, claramente, mostrava quanto a maioria das coisas estavam erradas.

Não era mais a adolescente cheia de vontades; essa tinha ficado no passado. Queria fazer a diferença.

Luciano, o Pantera Negra, e Janaína, sua Branca de Neve, seguiriam para o horizonte da vida. O futuro os esperava. Viviam em um mundo fantástico, precisavam ajudá-lo a continuar assim!

E se Yauapi aparecesse para Janaína noutro sonho, certamente diria:

PYRÊN AMÃ! *Vamos em frente!*

Bate-papo com

Eliana Martins

A seguir, conheça mais sobre a vida, a obra e as ideias da autora de Histórias cruzadas

Escritora de literatura infantil e juvenil, Eliana Martins já ultrapassou a marca de 90 livros publicados. Além de escritora, é roteirista e dramaturga.
Como prêmios, recebeu Menções Altamente Recomendáveis da Fundação Nacional do Livro Infantil e Juvenil (FNLIJ), o Prêmio Lúcia Benedetti de Teatro para o Jovem e o Prêmio Flipoços de Melhor Livro de Imagens. Foi finalista de outros como o Jabuti e o Barco a Vapor.
Com livros adotados por programas de governo, Eliana Martins tornou-se conhecida por estudantes de todo o Brasil.
Se quiser conhecê-la melhor, visite o *site*: www.elianahmartins.wix.com/elianamartins.

NOME: Eliana Sanches Hernandes Martins
ONDE NASCEU: São Paulo (SP)
ONDE MORA: São Paulo (SP)
QUE LIVRO MARCOU SUA ADOLESCÊNCIA: *Rosinha, minha canoa* (José Mauro de Vasconcelos) e *Encarnação* (José de Alencar).
MOTIVO PARA ESCREVER UM LIVRO: Para mim, escrever é pôr para fora os sentimentos, as lembranças, o que vejo e o que vi, o que ouço e já ouvi. Esses são os motivos que me levam a escrever.
MOTIVO PARA LER UM LIVRO: Sou apaixonada por livros! Acho que o que me motiva a ler é o fato de eu ser curiosa, de querer saber mais das coisas e das pessoas. E que lugar melhor para se fazer isso senão dentro de um bom livro?
PARA QUEM DARIA SINAL ABERTO: Felizmente, conheço muitas pessoas para quem daria sinal aberto. Mas quero falar dos indígenas. Para eles, escancaro o sinal, tiro o chapéu, dou carta branca.
PARA QUEM FECHARIA O SINAL: Se abro o sinal para os indígenas, lacro e fecho a sete chaves para os grileiros, os extrativistas e os exploradores ilegais das terras indígenas.

A seguir, você vai ler uma entrevista com essa autora incrível e conhecer um pouco mais sobre como foi o processo de escrita desta obra, o que ela aprendeu ao visitar aldeias reais para sua pesquisa e quais lições tirou com este livro, que cruza História, atualidade e sonhos para o futuro.

Qual é a importância de abordar a diversidade cultural e social na literatura?

A literatura é uma porta aberta para qualquer assunto. Em se tratando de diversidade, é muito mais do que isso: é capaz de transformar o pensamento do leitor quanto a ideias preconcebidas que muitas vezes não correspondem à realidade. Assim, a literatura tem o poder de abrir mentes e corações e estimular a empatia dos leitores pelo diferente.

Você conviveu com indígenas em uma aldeia, não é? Como foi a experiência? E como ela influenciou o livro?

Infelizmente, eu não cheguei a morar em uma aldeia, pois a pandemia me impediu de viajar para a Amazônia, como eu havia programado. Assim, optei por conviver com os indígenas de uma aldeia paulista, a Tenondé Porã (Parelheiros, São Paulo), durante vários dias, enquanto pesquisava para o livro. Ia e voltava em horários diferentes, para poder conhecer seus ritos e cotidiano. Como experiência, foi inesquecível. Aprendi o que é viver com pouco e deparei com a diversidade de coisas que a natureza pode nos dar – isso numa aldeia de São Paulo. Fico imaginando o que uma floresta, em toda a sua magnitude, pode proporcionar ao ser humano. “Eu não preciso de roupa, chinelo, comida; a floresta me dá tudo.” Foi o que ouvi de um indígena panará, da aldeia Nasepotiti, do Pará.
A pandemia não me permitiu ir ao Xingu, mas ele veio até mim através de um indígena que me ajudou muito nas pesquisas e traduziu as frases que apresento na língua jê: Kunity Metuktire Panará.

O que podemos fazer para impedir que a cultura indígena seja apagada?

Em primeiro lugar, reivindicar o apoio cada vez maior do governo para a demarcação das terras indígenas. Sem sua terra, eles não têm como plantar e, sem alimento, não têm como levar adiante sua cultura. Da mesma forma, cobrar investimentos aos responsáveis pelos bancos brasileiros.
Outra coisa que qualquer um de nós pode fazer é estar atento aos indígenas na floresta. O que mais fica exposto é o descendente de indígena, que se identifica como indígena, mas mora nos centros urbanos, tem carro e trabalha como qualquer outro. Quem o vê, acha que os indígenas não

precisam mais de terra, pois já estão adaptados ao modo de vida das cidades.
Conhecer um pouco do *Estatuto do Índio* também é uma forma de ajudar. É necessário que a Funai possa continuar fornecendo a verba mensal – que não é muita, mas ajuda; coisa que não aconteceu durante a pandemia.
Fica aqui uma ideia de lição de casa: se existe, na sua casa, o hábito de contar histórias à noite antes de dormir, conte sobre a vida dos indígenas, suas lendas, seu modo de vida, suas tradições.

Você teve a ajuda de indígenas para escrever o livro, certo? Como foi trabalhar com eles?
Sim, conheci pessoas maravilhosas, como Kunity, que traduziu as frases e me inseriu na aldeia dele através de vídeos que me mandava. Assisti em vídeo à cerimônia da matança, carregamento e descarne da anta. Uma situação surreal: eu no meu escritório em São Paulo, e eles na aldeia Nasepotiti, na fronteira entre Mato Grosso e Pará.
Sandra Nanayana foi outra indígena que conheci através de amigos e que me recebeu em sua casa, contou casos de quando era criança, na floresta, no Amazonas. Ela me serviu um bolo de mandioca e me presenteou com um amuleto de palha, feito por ela.
E Jera Guarani, da aldeia Kalipety, que também é educadora ambiental, conversou por horas comigo.
A confecção do *Histórias cruzadas* foi um prêmio para mim, por poder conviver, ainda que por pouco tempo, e aprender tanto com esse povo tão sábio, os verdadeiros donos do Brasil.

Janaína descobre no final do livro que tem descendência indígena, não apenas europeia, como muitos brasileiros pensam. O que você acha que isso diz sobre como a história do Brasil tratou os indígenas?
É lamentável o que vou dizer, mas, durante minhas pesquisas, deparei com vários povos europeus que estiveram no Brasil, e nenhum – nenhum deles mesmo – tratou os indígenas como mereceriam. A construção do Teatro Amazonas, por exemplo, fez-se sobre a matança e o sofrimento dos indígenas, entre outras barbaridades cometidas por europeus de vários cantos. Isso sem contar os portugueses, que se instalaram em um lugar que não era deles, fazendo dos indígenas seus escravos.

Sabe-se que as meninas indígenas eram obrigadas a namorar com os europeus e com os militares. Talvez daí tenha saído tanta miscigenação europeia/indígena.

O que podemos fazer para valorizar nossa ancestralidade indígena?
Uma situação curiosa aconteceu comigo quando, em meio às pesquisas, descobri que eu mesma tinha uma bisavó "bugre", como chamavam os descendentes de indígenas. Tinha-a como espanhola, mas era indígena. Fiquei felicíssima ao saber e, claro, coloquei a história dela no livro. Nossa ancestralidade indígena deve ser motivo de orgulho; portanto, devemos estar atentos à defesa deles. Ter orgulho apenas não é o suficiente, temos que lutar junto, buscar formas de deixá-los livres para viver como desejam e poder perpetuar suas tradições.

O tema da redação do Exame Nacional do Ensino Médio (Enem) de 2022 foi "Desafios para a valorização de comunidades e povos tradicionais no Brasil". Que desafios são esses?
Assistindo a um documentário sobre os povos indígenas, a líder política Sônia Guajajara fez o seguinte comentário:

Todos dizem que os indígenas são poucos no Brasil. Então, por que querem tanta terra? E eu digo que meu povo não quer terra só pra ele; quer o máximo de terra possível para cuidar, não permitir desmatamento, invasão de grileiros. Os povos indígenas nasceram para cuidar da terra, são seus guardiões; por isso lutamos por ela. Pedimos mais terra para cuidar dela por todos nós.

Foi um comentário que me fez pensar.
A comunidade indígena é apenas uma parte do leque de povos tradicionais do Brasil, mas, neste livro, ela é o foco. E não é possível valorizar, reconhecer a importância e demonstrar a relevância de qualquer comunidade sem conhecê-la.
Existem desafios? Claro! Como não? Isso é justamente a prova de que o assunto é importante. Os desafios vão desde a conscientização a respeito das necessidades e da precariedade em que a maioria dessas comunidades vive até o desenvolvimento de políticas públicas que ajudem a supri-las em todos os âmbitos da vida: saúde, moradia, terras, entre outros.
É necessário que cada um reflita e exija que o poder público apresente meios para driblar os desafios que impedem a valorização

dos povos tradicionais, bem como o Ministério da Educação, responsável pelas mudanças das diretrizes educacionais, proponha alterações na Base Nacional Comum Curricular (BNCC), acrescentando mais conteúdos que tragam conhecimento sobre os povos tradicionais do Brasil, incluindo os indígenas.
Se desde cedo todos tivermos noção da importância de preservar esses povos e suas tradições, eles paulatinamente deixarão de ser invisíveis.

Existe futuro para as culturas indígenas na sociedade brasileira?
Sempre existe futuro para qualquer comunidade, mas é preciso que haja parcerias. Os indígenas têm direito a seus territórios em virtude da própria história do Brasil. Eles acrescentaram muita riqueza e sabedoria popular ao país.
Porém, para que o futuro exista, é necessário que se ofereçam condições para que essa riqueza continue existindo, que não se perca.

Povos indígenas hoje

Diferentemente do que se pode pensar, a maioria das moradias indígenas não são mais ocas, e sim casas de tijolos. O mesmo vale para as vestimentas: grande parte das indígenas opta por roupas não tradicionais, dependendo de onde moram (na área urbana ou rural) e do clima – trajes mais típicos são, em geral, reservados para épocas festivas ou cerimônias.
As terras a que os indígenas têm direito equivalem a 12,5% do território nacional; porém, há muitos conflitos com grileiros e garimpeiros, o que resulta em disputas e até assassinatos – estima-se que 20 terras indígenas estejam sob loteamento ilegal (segundo dados do Greenpeace e do Conselho Missionário Indigenista).

Adaptado de: POVOS indígenas atualmente: quebre estereótipos. Fundo Brasil. Disponível em: https://www.fundobrasil.org.br/blog/povos-indigenas-atualmente-quebre-estereotipos. Acesso em: 12 jun. 2023.

Em 2021, houve o maior número de assassinatos de indígenas em 11 anos. A que você atribui esse crescimento?

A violência contra indígenas não é novidade, mas, falando especificamente de 2021, acredito que tudo girou em torno do medo que esses povos têm de perder o chamado “direito originário” sobre suas terras, passadas de pai para filho.

Sabe-se que o agronegócio e a exploração mineral têm invadido descaradamente as terras indígenas. E podem ter acontecido duas coisas: os indígenas enfrentaram os não nativos e foram assassinados, ou os forasteiros já foram invadindo e recebendo os indígenas a bala, sem permitir o diálogo.

No livro, há uma cena emblemática em que Kunity é preso por tentar manter consigo o amuleto que pertence a seu povo. Como isso representa a forma como o Estado e a sociedade enxergam os povos indígenas?

Na minha opinião, e pelo que vi e ouvi dos indígenas durante os meses de pesquisa, tanto o governo quanto a sociedade não dão a mínima importância à comunidade indígena. Tudo é a lei: a lei manda, está escrito nos autos etc.

No entanto, nesse mesmo capítulo, Jade e o pai, que são advogados, vão atrás do Estatuto do Índio e encontram cláusulas que favorecem o indígena. Não fosse isso, Kunity ficaria preso por tempo indeterminado, e o amuleto iria mesmo para as mãos do Iphan.

O que você diria às pessoas que afirmam que a luta pela recuperação de território indígena atrasa o progresso do país?

Vou responder a essa pergunta com uma citação do povo munduruku do Alto e do Médio Tapajós, com o qual tive contato através das pesquisas para o livro:

O governo, com o seu projeto, não traz progresso nem desenvolvimento; só traz morte. E a população indígena não tem direito de contestar esse tipo de violação. E, quando nos manifestamos, indignados, com toda a razão e com direitos, o governo diz: “Estão atrapalhando”. Nós, indígenas, não estamos atrapalhando ninguém. Porque não somos nós que estamos indo a Brasília para tomar as terras dos pariwat e matar. Nem vamos lá para desrespeitar os seus direitos e não invadimos seus territórios. Como dizem que estamos atrapalhando, se foram eles mesmos que fizeram essa tal lei, para ser obedecida e cumprida, e não estão nem respeitando o que eles mesmos escreveram?

Como podemos ver nesse comentário, o próprio governo se atrapalha com as leis. Um governo promulga e o seguinte não lê, desconhece e não respeita. Então, o que eu diria a essas pessoas é que toda história tem três lados: o meu, o seu e o verdadeiro. Que busquem informações antes de julgar, que usem seu tempo para ajudar a resolver problemas e não para criar mais. Que, em vez de criticar, ajam para mudar.

Você acha que ainda há pouca literatura indígena? Ou apenas não conhecemos autores e autoras nativos?

Essa é uma pergunta bastante interessante. Eu gosto muito de assistir a documentários sobre indígenas, mais precisamente o *Fronteiras fluidas*, que a cada semana trata de um assunto diferente. Já vi entrevistas com pintores, artesãos, escritoras e escritores de comunidades indígenas, que buscam patrocínio para exporem seus trabalhos. Faço parte do grupo Mulherio das Letras e, há pouco tempo, recebi um pedido de ajuda para que escritoras indígenas pudessem participar do encontro anual. Então, respondendo à pergunta, temos já autores indígenas maravilhosos, conhecidos e premiados, mas ainda há muito o que ser descoberto. Há verdadeiras pérolas escondidas dentro de ostras, esperando para serem abertas e mostradas ao público.

Palavras da autora

Qual não foi minha surpresa quando, durante as pesquisas para escrever o livro *Histórias cruzadas*, descobri que uma das minhas bisavós era de origem indígena.

Alice Sanches Maciel foi uma mulher linda e tocava piano muito bem. Foi mãe de doze filhos, entre os quais meu avô materno, mas faleceu jovem, ao dar à luz a última filha.

Não a conheci e pouco de sua história restou, mas me encantou saber que o sangue indígena também corre nas minhas veias!